LES POÉSIES

DE

L'ENFANCE

CLICHY. — IMPR. PAUL DUPONT ET Cⁱᵉ, RUE DU BAC-D'ASNIÈRES, 12.

LES POÉSIES

DE

L'ENFANCE

PAR

Mᵐᵉ DESBORDES VALMORE

DEUXIÈME ÉDITION

Revue et augmentée

PARIS

GARNIER FRÈRES, LIBRAIRES - ÉDITEURS

6, RUE DES SAINTS-PÈRES, ET PALAIS-ROYAL, 215

1873

Ces Poésies, que nous offrons plus particulière-
ment aux mères, ont été choisies dans les différents
recueils publiés par madame Marceline Desbordes-
Valmore. Ce sont celles où, mère elle-même la plus
tendre et la plus clairvoyante, elle a retracé les sen-
timents naïfs, le premier essor de la pensée des
enfants. Peu rassurés à l'égard de notre propre
compétence, nous avons confié le soin de les réunir
à un esprit délicat, ami de l'enfance et de la poésie,
M. Ath. Mourier. Si d'ailleurs ce nouveau recueil
paraît aujourd'hui, il le doit à l'affectueuse obli-
geance de M. de Watteville, ainsi qu'à la sollicitude

dévouée de M. Henri Berthoud, compatriote et ami de l'auteur.

Nous faisons des vœux pour que ce petit livre plaise à ses jeunes lecteurs. Avec l'instinct parfois si sûr de leur âge, ils sentiront à quel point les devinait et les aimait Marceline Valmore. Peut-être aussi, qui sait? à leur insu, ce nom se gravera-t-il dans le cœur de quelques-uns d'entre eux.

P. et H. VALMORE.

Paris, 1er juil'et 1868.

AUX ENFANTS

PRÉFACE

Jour par jour, de la vie une nouvelle page,
  Enfants, va s'ouvrir à vos yeux;
Autour de ses feuillets riants ou sérieux
Les bals, les chants d'oiseaux feront bien du tapage.

Lisez, lisez toujours, et méditez tout bas
Cette vie, aux cœurs purs rarement infidèle;
  Car tous ceux qui se plaignent d'elle
  Sont ceux qui ne l'entendent pas.

LES POÉSIES

DE L'ENFANCE

L'ÉCOLIER

Un tout petit enfant s'en allait à l'école.
On avait dit : « Allez !... » il tâchait d'obéir ;
Mais son livre était lourd, il ne pouvait courir ;
Il pleure, et suit des yeux une abeille qui vole.

« Abeille, lui dit-il, voulez-vous me parler ?
Moi, je vais à l'école : il faut apprendre à lire ;
Mais le maître est tout noir, et je n'ose pas rire :
Voulez-vous rire, abeille, et m'apprendre à voler ?

— Non, dit-elle, j'arrive et je suis très-pressée.

J'avais froid ; l'aquilon m'a longtemps oppressée ;

Enfin j'ai vu les fleurs ; je redescends du ciel,

Et je vais commencer mon doux rayon de miel.

Voyez! j'en ai déjà puisé dans quatre roses ;

Avant une heure encor nous en aurons d'écloses ;

Vite, vite à la ruche! on ne rit pas toujours ;

C'est pour faire le miel qu'on nous rend les beaux jours.»

Elle fuit et se perd sur la route embaumée.

Le frais lilas sortait d'un vieux mur entr'ouvert ;

Il saluait l'aurore, et l'aurore charmée

Se montrait sans nuage et riait de l'hiver.

Une hirondelle passe : elle effleure la joue

Du petit nonchalant qui s'attriste et qui joue ;

Et, suspendue au nid qui l'abrita deux fois,

Fait tressaillir l'écho qui dort au fond des bois.

« Oh! bonjour! dit l'enfant, qui se souvenait d'elle :

Je t'ai vue à l'automne, oh ! bonjour, hirondelle!

Viens! tu portais bonheur à ma maison ; et moi,

Je voudrais du bonheur ; veux-tu m'en donner, toi ?

Jouons. — Je le voudrais, répond la voyageuse,
Car je respire à peine et je me sens joyeuse,
Mais j'ai beaucoup d'amis qui doutent du printemps;
Ils rêveraient ma mort si je tardais longtemps;
Non, je ne puis jouer. Pour finir leur souffrance
J'emporte un brin de mousse en signe d'espérance.
Nous allons relever nos palais dégarnis :
L'herbe croît, c'est l'instant des amours et des nids;
J'ai tout vu. Maintenant, fidèle messagère,
Je vais chercher mes sœurs là-bas sur le chemin.
Ainsi que nous, enfant, la vie est passagère;
Il en faut profiter. Je me sauve... A demain! »

L'enfant reste muet; et, la tête baissée,
Rêve et compte ses pas pour tromper son ennui,
Quand le livre importun, dont sa main est lassée,
Rompt ses fragiles nœuds et tombe auprès de lui.

Un dogue l'observait du coin de sa demeure;
Stentor, gardien sévère et prudent à la fois,
De peur de l'effrayer retient sa grosse voix.
Hélas! peut-on crier contre un enfant qui pleure?

« Bon dogue, voulez-vous que je m'approche un peu?

Dit l'écolier plaintif; je n'aime pas mon livre.

Voyez, ma main est rouge, il en est cause. Au jeu

Rien ne fatigue, on rit; et moi je voudrais vivre

Sans aller à l'école, où l'on tremble toujours.

Je m'en plains tous les soirs, et j'y vais tous les jours.

J'en suis très-mécontent. Je n'aime aucune affaire;

Le sort des chiens me plait, car ils n'ont rien à faire.

— Écolier! voyez-vous ce laboureur aux champs?

Eh bien! ce laboureur, dit Stentor, c'est mon maître.

Il est très-vigilant; je le suis plus peut-être.

Il dort la nuit; et moi, j'écarte les méchants.

J'éveille aussi ce bœuf qui, d'un pied lent, mais ferme,

Va creuser les sillons quand je garde la ferme.

Pour vous-même on travaille; et, grâce à nos brebis,

Votre mère, en chantant, vous file des habits.

Par le travail tout plaît, tout s'unit, tout s'arrange.

Allez donc à l'école; allez, mon petit ange!

Les chiens ne lisent pas, mais la chaîne est pour eux:

L'ignorance toujours mène à la servitude.

L'homme est fin, l'homme est sage; il nous défend l'étude:

Enfant, vous serez homme et vous serez heureux;

Les chiens vous serviront. » L'enfant l'écouta dire;

Et même il le baisa ! Son livre était moins lourd ;
En quittant le bon dogue, il pense, il marche, il court ;
L'espoir d'être homme un jour lui ramène un sourire ;

A l'école, un peu tard, il arrive gaîment,
Et dans le mois des fruits il lisait couramment.

LE PETIT RIEUR

« Laissez entrer ce chien qui soupire à la porte ;
Je souffre quand j'entends souffrir autour de moi :
Fût-il aveugle et vieux, il pleure, qu'on l'apporte ;
Mon feu lui sera doux... Quoi! petit Paul, c'est toi! »

C'était le petit Paul. Sous un brouillard d'automne,
Pensif et tout mouillé, depuis un long moment,
Sans l'ouvrir, à la porte il grattait doucement.
Pourquoi n'entrait-il pas? On l'entoure, on s'étonne.
Il entre, il reste là sans avoir dit : Bonsoir,
Bonsoir, petite mère ! et sans oser s'asseoir.
Mais Paul tenait en vain sa paupière baissée,
Les mères ont des yeux qui percent la pensée.

« De l'école, avant l'heure, on vous a fait sortir :

Pourquoi? Ne mentez pas !

     — Je ne sais plus mentir,
Mère. Pour presque rien.

     — Presque dit quelque chose :
Votre maître est si bon qu'il ne fait rien sans cause.

— On ne peut jamais rire, et c'est bien malheureux !
Moi, quand je ne ris pas, je suis tout las de vivre.

— Vous avez donc ri, Paul ?

      — Oui, mère, sous mon livre.
— Qui vous rendait si gai ?

      — Christophe. Il est affreux,
Christophe ! Il a l'œil trouble et la tête enfoncée ;
Ses bras vont jusqu'à terre, et sa jambe est torsée
Comme cela !

   — C'est triste.

      — Oui, si je l'avais su ;
Mais je n'avais jamais vu d'écolier bossu.
J'ai cru que les bossus venaient tout vieux au monde
Comme Ésope à mon livre.

      — Ésope fut enfant,
Et sa mère pleura. Pitié douce et profonde !
La laideur s'embellit quand ta voix la défend.

L'homme apporte des maux dont rien ne le console!
— Mais Christophe, ma mère, est un rude garçon;
Ce n'est qu'un paysan, le dernier dans l'école;
Et comme on riait trop pour suivre la leçon,
J'ai dit : « Ésope! Ésope! » en regardant Christophe :
Et j'ai fait le portrait du crochu philosophe :
« Voyez, messieurs, voyez le divin animal! »

— Et que disait Christophe?

                           — Il détournait la vue :
Il cachait dans ses mains cette honte imprévue,
Et je crois qu'il pleurait.

                           — Tais-toi! tu me fais mal.
Il pleurait!... O railleurs, que vous êtes à craindre!
Un être a donc souffert et souffert sans se plaindre!...
Tout ce qui pleure est beau. Je l'aime en ce moment;
Oui, j'aime mieux Christophe et sa jambe tournée
Que ta langue épineuse à blesser destinée;
Je l'embrasse de l'âme et je le vois charmant.
Viens que je te corrige. Écoute-moi : tu m'aimes?
— Oh oui!

           — Souvent nos dards retombent sur nous-mêmes.
Regarde-moi longtemps, et que ton avenir

S'épure d'un amer et tendre souvenir :
Comment me trouves-tu ?

        — Belle comme une mère !
O ma mère ! vos traits ont la douceur du ciel.
La Vierge des enfants, que l'on prie à Noël,
    Est comme vous tendre et sévère :
Oui, vous lui ressemblez ; j'y pense en vous voyant,
Et c'est vous que je vois, ma mère, en la priant.
A l'église une fois vous êtes apparue ;
Une foule indigente alors est accourue ;
Vos habits étaient gais, vous étiez blanche ; et moi
Je disais : « C'est ma mère ! » Et l'on disait : « Eh ! quoi !
C'est sa mère ! » Ah ! maman ! quel bonheur !

        — Je t'écoute,
Et je plains ton doux rêve ; il me touche. Il m'en coûte
D'attrister le miroir attaché sur ton cœur,
Où tu me trouves belle, où je me vois aimée ;
Mais regarde, et gémis d'être un enfant moqueur :
Je suis laide.

    — Ma mère !...

        — Enfant, je vous afflige !
Je vous ôte un bandeau. Je suis laide, vous dis-je.
Un jour, un petit Paul aussi rira de moi.

— Je le tuerai, ma mère! oh! quand il serait roi...
Dieu! rire de ma mère!

            — Et l'enfant qu'elle adore,
L'enfant que son malheur lui rend plus sien encore,
Penses-tu qu'une mère, au fond de ses douleurs,
Ne se lèvera pas pour revenger ses pleurs?
Et toi, mon pauvre enfant, fier de tes faibles armes,
Lançant ton rire ingrat sur l'objet de ses larmes,
Prends garde : si ta langue allait faire mourir!
Dieu dit : « Tu souffriras ce que tu fais souffrir! »

LE PETIT OISELEUR

LA MÈRE.

Vous voilà bien riant, mon amour ! Quelle joie !
Comme un petit chasseur, traînez-vous quelque proie ?
Sous ce fragile osier cachez-vous un trésor ?

L'ENFANT.

C'est un oiseau du ciel, il a des plumes d'or !
Il reposait son vol au bord de la fontaine ;
J'ai retenu longtemps mes pas et mon haleine ;
Quand il a secoué son plumage plein d'eau,

J'ai saisi ses ailes mouillées ;
Et le voilà blotti dans les fleurs effeuillées.
Regardez qu'il est bien, ma mère, et qu'il est beau !

LA MÈRE.

Oui, je l'entends gémir.

L'ENFANT.

Non, mère, c'est qu'il chante.

LA MÈRE.

Vous croyez, mon amour? Sa chanson est touchante.

L'ENFANT.

Je crois qu'il est content puisqu'il est dans les fleurs ;
Il les aime. Son nid est sous l'amandier rose,
Cet arbre au fruit de lait que la fontaine arrose ;
C'est là qu'il dérobait ses brillantes couleurs.

LA MÈRE.

Y demeurait-il seul ?

L'ENFANT.

Ses enfants sont au gîte :
C'était pour les revoir qu'il se baignait si vite.
Mais, je n'ai point de peur, ils ne sauraient bouger ;
Ils n'ont pas une plume et n'ont rien à manger.

LA MÈRE.

Que vont-ils devenir?

L'ENFANT.

J'agrandirai la cage;
J'en ferai dans l'hiver un semblant de bocage;
Et j'aurai mille oiseaux qui chanteront toujours.
Que de musiciens pour amuser mes jours!
Quel bonheur de nourrir tant de joyeux esclaves!
A peine ils sentiront leurs légères entraves.
O ma mère! j'y cours.

LA MÈRE.

Arrêtez, il fait nuit;
Quelque chose de triste entoure ce réduit;
Restez! De noirs soldats les farouches cohortes
Au coucher du soleil ont assailli nos portes.
Ne vous éloignez pas, ne quittez plus mon sein;
De vous saisir peut-être ils avaient le dessein.

L'ENFANT.

Des soldats? Et beaucoup, ma mère? et pour me prendre?

LA MÈRE.

Vous, charme de ma vie, et pour ne plus vous rendre.

L'ENFANT.

Que feront-ils de moi?

LA MÈRE.

Qui le sait? Un captif,
Un orphelin, peut-être; un prisonnier plaintif.

L'ENFANT.

Sauvez-moi!

LA MÈRE.

Priez Dieu, c'est en lui que j'espère.
Loin de nous les cruels emmènent votre père,
Ce père, si content quand il vous embrassait!
Ce gardien de vos jours, et qui les nourrissait!

L'ENFANT.

Mon père prisonnier!

LA MÈRE.

C'est le roi qui l'ordonne.

L'ENFANT.

Qu'est-ce qu'un roi?

LA MÈRE.

Puissant par l'amour ou l'effroi,
Un maître s'il punit, presque un Dieu s'il pardonne.

L'ENFANT.

Ah! laissez-moi sortir, je veux parler au roi...
Mon père va mourir!...

LA MÈRE.

Eh quoi! si jeune encore,
Savez-vous que l'on meurt loin de ceux qu'on adore,
Qu'arraché de son toit votre appui va souffrir,
Que sans la liberté l'on n'a plus qu'à mourir?
Savez-vous qu'en prison la vie est bien amère?

L'ENFANT.

Oui, sans lui nous mourrons. Oui! vous mourrez, ma mère.
Mais ce roi si méchant, qui l'a mis en courroux?

LA MÈRE.

Le roi n'est ni méchant ni cruel plus que vous.
Mon fils! Las de ses jeux, il vient troubler les nôtres;
Libre, il a des captifs; n'avez-vous pas les vôtres?
Dans une chambre étroite il vous renfermera;
Mais vous serez content, car il vous nourrira.
Pourquoi de vos sanglots déchirez-vous mon âme?
Est-ce à vous, cher coupable, à murmurer le blâme?
Nous sommes des oiseaux dans ses cages plongés.
Pourquoi de son plaisir serions-nous affligés,
Si, dans ses jeux de roi qu'on a faits légitimes,
De lumière et d'air pur il prive ses victimes?
Où courez-vous?

L'ENFANT.

De l'air! de l'air au prisonnier !
Qu'il respire, ma mère, et qu'il vole, et qu'il vive !
Oiseau ! des malheureux que n'es-tu le dernier !
Je ne veux pas d'esclave !

LA MÈRE.

O clémence naïve !
Embrassez-moi, mon fils, vous m'arrachez des pleurs ;
Soyez libre vous-même, et calmez vos douleurs.
Quoi ! jusque dans mes bras votre frayeur palpite !..
Ah ! le cœur de l'oiseau palpitait-il moins vite,
Quand votre instinct cruel empêcha son essor ?
Enfant, sans vos chagrins quel eût été son sort ?
Vous ravissiez l'époux à l'épouse éperdue ;
Elle eût traîné sa plainte, et Dieu l'eût entendue !
Et les petits tout nus, glacés dans votre main,
Auraient péri de froid, de langueur et de faim.

L'ENFANT.

Ah ! je n'y songeais pas !

LA MÈRE.

Maintenant tout respire ;
Tout se calme et s'endort.

L'ENFANT.

Et mon père !...

LA MÈRE.

Il soupire.

Comme l'oiseau du ciel un moment arrêté ;
Mais Dieu, qui voit partout, veille à sa liberté.

L'ENFANT.

Le roi le voudra-t-il ? Nous rendra-t-il mon père ?

LA MÈRE.

Oui, mon fils ! oui, mon bien ! maintenant je l'espère ;
Oui, s'il a des enfants comme les miens chéris,
Des jeunes suppliants il accueille les cris.
Un père a dans le cœur je ne sais quoi de tendre,
Toutes les voix d'enfants savent s'y faire entendre.

L'ENFANT.

Je veux le voir. Venez! conduisez-moi vers lui.

LA MÈRE.

Oui, mon amour, demain !

L'ENFANT.

Pas demain, aujourd'hui.

LA MÈRE.

Quoi! votre chère enfance à cette heure exposée!..

L'ENFANT.

Je veux montrer au roi cette cage brisée;
Je lui dirai : Voyez! je fus méchant aussi;
　　　Je ne le suis plus, Dieu merci!
Au captif innocent j'ai rendu la volée,
　　　Et sa famille consolée
A cette heure est au nid plus heureuse que nous!
Le même arbre en ses fleurs les couvre et les rassemble :
Chaque famille ainsi doit s'endormir ensemble,
Et nous venons chercher mon père à vos genoux.

LA MÈRE.

Écoutez!... par l'appui de quelque voix divine,
On dirait que le roi vous plaint et vous devine;
Car voici votre père, il a tout entendu;
Enfant, Dieu vous absout, puisqu'il nous est rendu!

LE PETIT PEUREUX

Quoi, Daniel! à six ans vous faites le faux brave ;
　　Vous insultez un chien qui dort ;
Vous lui tirez l'oreille! et, raillant votre esclave,
Sous ses pieds endormis vous dressez une entrave !
L'esclave qui sommeille, ô Daniel! n'est pas mort :
Son réveil s'armera d'une dent meurtrière...
La preuve en a rougi votre linge en lambeaux ;
Oui, vous voilà blessé, mais blessé par derrière !
Malgré la nuit, j'y vois : sauvons-nous des flambeaux,
Sauvons-nous des témoins. Moi, je suis votre mère ;
Je cacherai ta honte, enfant, dans mon amour :
Viens ! j'ai pitié de toi, car la honte est amère ;
Bénis Dieu : sa bonté vient d'éteindre le jour.

Personne ne t'a vu lâche et méchant... Écoute :
Pour t'appeler méchant, sais-tu ce qu'il m'en coûte ?
　　　　　　　　　　　　2

C'est ton nom pour ce soir : subis-le devant moi ;
Va ! personne jamais ne l'entendra que toi.
Personne ne t'a vu d'une bête innocente
    Tourmenter l'indolent sommeil,
      Et, pour irriter son réveil,
     Lui simuler sa chaîne absente.
Cher petit fanfaron, c'est lui qui t'a fait peur.
Sa gueule était immense, ouverte à la vengeance ;
Il te mangeait, Daniel, sans ma tendre indulgence,
Et tu fuyais en vain, lié par la stupeur.
Il m'a cédé sa proie, il a compris mes larmes ;
Et, peut-être, un gâteau que préparait ma main
    Pour charmer ton loisir demain,
L'a rendu tout à fait clément à mes alarmes.
J'avais fait le gâteau si grand ! Ne pleure plus :
De tes habits l'eau pure effacera la tache ;
Ton âge n'en a pas où le remords s'attache !
Tout ce qui doit survivre à tes cris superflus,
Ce qu'il faut regretter par delà ton enfance,
C'est mon sang... oui, le mien ! lâchement répandu.
Quoi ! sous la dent d'un chien tu l'as déjà perdu,
Daniel, et ton pays l'attend pour sa défense !

LE PETIT AMBITIEUX

Un enfant avait mis les bottes de son père.
Il se croyait plus grand ; mais il fallait marcher :
Dans sa jeune espérance, il arpentait la terre ;
Ses bottes ne pouvaient pourtant l'en détacher.
Il traîne avec ardeur l'entrave qu'il adore ;
Il veut courir... il rampe ; il rit ! Il rampe encore ;
Au collége, avant l'heure, il arrive enchanté,
Et parmi les plus grands se range avec fierté.

Son père l'a suivi... Dieu ! faites-le sourire !
Il cherche, il voit l'enfant ; il a dit : « Levez-vous ! »
L'ambitieux chancelle et fléchit les genoux.
Mais son père commande : un père ! il faut souscrire.
Il se lève. « Courez, dit son juge, courez !
D'un pas ferme et hardi devancez votre père.

Que votre course soit prospère ;
Si vous tombez, malheur !... vous vous débotterez. »

Se débotter !... jamais ; plutôt périr en route.
L'enfant frissonne ; il pleure à la voix qu'il redoute ;
Mais il pleure immobile, et sur son front charmant
Se peignent la douleur et le ressentiment.

L'école curieuse avait fermé son livre ;
Le maître préparait le sermon détesté ;
Et l'enfant !... il songeait à la mort qui délivre,
Car du crime, à ses pieds, tout le poids est resté.

« Pour la dernière fois, courez, je vous l'ordonne !
Si vous me devancez, mon fils, je vous pardonne. »
Et l'enfant... éperdu, plein d'âme et plein d'effroi,
S'élance sur son père, et dit : « Emporte-moi ! »

Et ce père accueillit sa tendresse et ses larmes ;
Sur son cœur qui battait de colère... et d'amour,
Il emporta son fils, tout botté, sous les armes.
« Conserve-les, dit-il ; tu marcheras un jour ! »

L'ENFANT ET LE PAUVRE

« Mère! faut-il donner quand le pauvre est bien laid,
Qu'il ne fait pas sa barbe et qu'elle est toute noire,
    Et qu'il ne dit pas s'il vous plaît?
Faut-il donner?

            — Mon fils, tu n'as pas de mémoire :
Le pauvre qui demande est l'envoyé de Dieu ;
Qu'importe s'il a fait sa barbe et sa parure ?
Il est beau du malheur écrit sur sa figure ;
C'est là son passeport, trop lisible en tout lieu.

—- Mais s'il est malhonnête ?

               — Il ne l'est pas, s'il pleure,
    Si son regard te dit : J'ai faim !
Veux-tu qu'il se prosterne en te tendant la main ?
C'est l'envoyé de Dieu qui nous guette à toute heure.

                        2.

Que ses lambeaux sacrés ne te fassent pas peur;
Il vient sonder ton âme avec son infortune;
Le mépris pour le pauvre est la seule laideur
    Qui m'épouvante ou m'importune.

    Dieu sur toi lui donne un pouvoir
    Bien au-dessus de la parole!
    Le jour où l'enfant le console,
    Par une colombe qui vole,
    Dieu le sait bien avant le soir!
    Lui qui dit aux heureux du monde:
    « Donnez pour qu'il vous soit remis;
    « Et, plus votre voie est profonde,
    « Pour que partout on vous réponde,
    « Prenez les pauvres pour amis! »
Juge quand un enfant verse sa fraîche aumône
A ce chercheur d'eau vive, et qu'il lui dit: Bonjour!
Comme un Christ altéré sous son âpre couronne,
Du ciel, dont il a soif, tu lui rends le séjour.

— Le Christ est beau! je l'aime et je joue au calvaire,
Où j'ai fait un jardin tout bleu de primevère;
Mais les pauvres font peur. Mère! si j'étais roi,

Les pauvres aux enfants ne feraient point d'effroi ;
Ils n'auraient jamais faim de cette faim qui pleure,
Et ma colombe à Dieu l'irait dire à toute heure ;
L'hiver, ils n'auraient point un âtre sans charbon,
De longs jours sans manteaux, de longs soirs sans lumières ;
Je leur ferais des lits dans de tièdes chaumières,
    Et des habits qui sentent bon !

— Cher petit perroquet ! comme tu parles vide !
Leur roi, c'est Dieu ; la terre est leur froide maison.
Dieu regarde d'en haut si le plus fort, avide,
Ne prend pas au plus faible un grain de sa moisson.
Un jour il pèse, il juge ! Autour de sa balance,
Les semeurs dépouillés se rangent en silence ;
Le pauvre a recouvré le grain qu'il a perdu ;
    Et le plus fort est confondu !

N'ai-je pas lu cela dans tes leçons apprises ?

— Oui. Mais, ne gronde pas ; j'ai donné tout mon pain,
    Et la moitié de mes cerises !

— Viens donc que je te baise ! Alors, sur le chemin,
N'as-tu pas vu passer des ailes de colombe ?

Toi, si peu ! tu soutiens un homme qui succombe !
— J'ai dit : Bonjour.

           — Tu fais ce que nous avons lu :
Dieu dit : « Puisez l'aumône à votre superflu. »

— Du superflu, ma mère ! en ai-je ?

                — C'est possible,
Au bord de l'indigence on se sent riche, hélas !
Le superflu, tu vois : c'est, pour l'être sensible,
    Tout ce que les pauvres n'ont pas !

LE BRUTAL

J'ai vu bien des enfants mal éclos dans ma vie ;
J'en ai tant vu, tant vu, que les yeux m'en font mal !
Mais ils valaient de l'or près du petit brutal
Qui, de ne pas l'aimer, me donnerait l'envie.
Il faut aimer, pourtant : que faire de son cœur ?
Quand il serait encor plus hardi, plus moqueur,
Il faut, en le grondant, lui faire une caresse,
Et le changer, peut-être, à force de tendresse.
Gronder n'est pas si beau.

              « Viens donc, mon pauvre enfant,
Ma raison te pardonne, et mon cœur te défend.
La malice est un dard que l'indulgence émousse.
Bonjour ! Prends cette orange. Elle est mûre, elle est douce
Fais-en ce que tu veux ; je la gardais pour toi :

Un jour, pour quelque enfant tu feras comme moi.
Tu ne dis pas merci ?

       — Non.

            — Pourquoi donc ?

                 — Je mange.

— Et tu ne m'aimes pas un peu ?

            — J'aime l'orange.

— Tu n'es pas dans ton tort. Mais **poursuis** ton chemin,
Sois libre comme l'air.

         — Je t'aimerai demain.

— Je le sais mieux que toi; ton regard me l'assure;
Comme un petit serpent tu guéris ta morsure.

— Je n'aime pas le grand qui me fait de grands yeux.

. . . .

Et qui lève toujours sa canne sur ma tête.
C'est un laid, c'est un noir, c'est une grosse bête !
Quand il sera petit et que je serai grand,
Nous verrons !

       — Ne peux-tu l'éviter en courant,
Et le laisser partir sans que tu te déranges ? .
On se distrait d'ailleurs en mangeant des oranges.
C'est si bon, d'être bon, d'être gai, franc, loyal,
Et d'être pardonné quand on a fait le mal !

Dieu m'a traitée ainsi lorsque j'étais méchante :
Cette bonté toujours me rend bonne et m'enchante !
— Vous avez donc crié?

                         — Tais-toi, c'était affreux !
Et les petits enfants se regardaient entre eux.
J'arrachais les fruits verts, je marchais sur les roses ;
Je faisais, comme toi, de très-vilaines choses.
Et l'on me détestait.

                    — C'est drôle!

                              — C'est bien plus,
C'est bête, et l'on s'en moque aux livres que j'ai lus.
Lis-tu beaucoup?

                    — Jamais! je déchire la page.
Quand vous étiez méchante, aimiez-vous le tapage?
— A t'en donner l'horreur. Tu verras!

                              — Je verrai.
— Viens, nous en causerons comme amis.

                              — Je viendrai,
Mais quand?

                 —A la belle heure avec toi reparue.
— Ah! c'est que j'ai beaucoup d'affaires dans la rue!
— Ne te gêne donc pas et viens quand tu voudras.
Je me confesserai : toi, tu me jugeras. »

Il vint, et, de lui-même, ouvrant d'un coup la porte,
Il y passait sa tête aimable ou non, n'importe,
Et tenté par un charme, une histoire, un doux fruit.
Il oubliait de battre et de faire du bruit.

. LE PETIT MÉCONTENT

« **Mère, je veux** crier et faire un grand tapage.

Comment! je ne peux pas tous les jours être sage.

Non, mère, c'est trop long, tous les jours, tous les jours!

Le monsieur l'a bien dit : « Rien ne dure toujours. »

Tant mieux! Je vais m'enfuir et crier comme George.

Qui m'en empêchera?

     — Personne. A pleine gorge,

Vous **pouvez,** cher ami, vous donner ce régal.

Mais vous serez malade...

     — Oh! cela m'est égal :

George ne meurt jamais.

     — George afflige sa mère.

Un enfant mal appris est une joie amère.

— **Je reviendrai** t'aimer.

     — M'aimer sans m'obéir?

3

Déserter son devoir, enfant, c'est me trahir.

Je crains, moi, qu'avant peu, personne ne vous aime,

Et vous vous ferez peur tout seul avec vous-même.

— Non ! George n'a pas peur dans le cabinet noir.

Il dit que c'est tout brun comme quand c'est le soir ;

Pas plus. Et puis il chante à travers la serrure,

Il se moque des grands, il fait le coq, il jure.

C'est brave de chanter sans jour et sans flambeau !

Je veux être méchant pour voir.

　　　　　　　　　　— Ce sera beau !

— Je veux être grondé : gronde donc.

　　　　　　　　　　　— Pourquoi faire ?

Vous me faites pitié.

　　　　　　　　— Je suis las de me taire !

J'ai cassé mon cheval ; j'ai mis de l'encre à tout ;

Regarde ma figure !

　　　　　　　— Oui, c'est laid jusqu'au bout.

Mais qui vous a donné ce faux air de courage ?

Hier encor, priant Dieu qu'il vous rendît bien sage,

Vous vouliez ressembler à votre vieux cousin.

— Je n'avais pas été chez le petit voisin.

Il bat des pieds très-bien quand on le contrarie ;

Il ne dit pas bonjour, même quand on l'en prie !...

Ah! ah! c'est qu'on est fier d'être mis en prison!

— Beaucoup de grands enfants y perdent la raison!

Pour leurs mères surtout, c'est une triste gloire!

Restez libre et soumis, si vous voulez m'en croire.

Moi, je n'ai point de cage où mettre mon enfant,

Pas même les oiseaux : mon cœur me le défend.

Vous n'obtiendrez de moi ni prison, ni colère.

Et j'attendrai, de loin, que le temps vous éclaire.

                              — De loin?

— Battez des pieds, poussez des cris affreux,

Devenez comme George un petit malheureux,

Vous en aurez la honte au grand jour.

                              — Quelle honte?

George rit; je rirai...

                    — Nous voici loin de compte.

Si vous ne craignez pas de rougir devant Dieu,

Il faudra, mon enfant, bientôt nous dire adieu.

A vivre sans honneur, moi, je ne puis prétendre,

Et si vous n'étiez pas ma gloire la plus grande,

A la mère de George il faudrait ressembler.

— Oh! non, ressemble-toi.

                    — Son sort me fait trembler.

Loin de la saluer, quand cette femme passe,

On se détourne d'elle, on lui fait de l'espace,
On va de porte en porte en chuchotant tout bas :
« Elle a gâté son fruit, ne la saluons pas ! »
Le fruit accuse l'arbre, et l'on juge ; et le blâme
Tombera sur la mère et non sur la jeune âme
Qu'elle a laissé corrompre. On est plein de rigueur.
— Que dit-on de la dame ?

              — On dit qu'elle est sans cœur.
Voyez comme elle est triste au fond de sa faiblesse !
Le monde la méprise et son enfant la blesse !
O mère humiliée en votre unique amour,
Je vous plaignis souvent : me plaindrez-vous un jour ?
— Pardon !... je ne veux pas te voir humiliée...
Pardon ! pardon ! je veux que tu sois saluée !
Mère, je serai bon comme le vieux cousin !
Mère, je n'irai plus chez le petit voisin ! »

La mère tressaillit dans une vive étreinte ;
L'enfant ne cria plus ; il fut bon sans contrainte.
Et quand on saluait cette mère en chemin,
Il rougissait de joie et lui serrait la main !

LE PETIT MENTEUR

Venez, bien près, plus près, qu'on ne puisse m'entendre:
Un bruit vole sur vous; mais qu'il est peu flatteur!
Votre mère en est triste ; elle vous est si tendre!
On dit, mon cher amour, que vous êtes menteur.

Au lieu d'apprendre en paix la leçon qu'on vous donne,
Vous faites le plaintif, vous traînez votre voix,
Et vous criez très-haut: « Eh! ma bonne! ma bonne! »
L'écho, qui me dit tout, m'en a parlé deux fois.
Vous avez effrayé cette bonne attentive,
              Et pour vous secourir,
Près de vous, toute pâle, on l'a vue accourir.
Hélas! vous avez ri de sa bonté craintive,
Enfant! vous avez ri! quelle douleur pour nous!

On ne croira donc plus à vos jeunes alarmes !
Si j'avais eu ce tort, j'irais à deux genoux
Lui demander pardon d'avoir ri de ses larmes ;
J'irais... Ne pleurez pas, causons avant d'agir.
Écoutez une histoire, et jugez-la vous-même.
Cachez-vous cependant sur ce cœur qui vous aime :
     Je rougis de vous voir rougir.

« Au loup ! au loup ! à moi ! » criait un jeune pâtre ;
Et les bergers entre eux suspendaient leurs discours ;
Trompés par les clameurs du rustique folâtre,
Tous venaient, jusqu'aux chiens, tout volait au secours.
Ayant de tant de cœurs éveillé le courage,
Tirant l'un du sommeil et l'autre de l'ouvrage,
Il se mettait à rire ; il se croyait bien fin ;
« Je suis loup, » disait-il. Mais, attendez la fin :

Un jour que les bergers, au fond d'une vallée,
Appelant la gaîté sur leurs aigres pipeaux,
Confondaient leur repas, leurs chansons, leurs troupeaux
Et de leurs pieds joyeux pressaient l'herbe foulée :
« Au loup ! au loup ! à moi, » dit le jeune garçon ;
« Au loup ! » répéta-t-il d'une voix lamentable.

Pas un n'abandonna la danse, ni la table :
« Il est loup, dirent-ils; à d'autres la leçon ! »

Et toutefois le loup dévorait la plus belle
    De ses belles brebis.
Et, pour punir l'enfant qu'il traitait de rebelle,
Il lui montrait les dents, et rompait ses habits ;
Et le pauvre menteur, élevant ses prières,
N'attristait que l'écho; ses cris n'amenaient rien.
Tout riait, tout dansait au loin sur les bruyères ;
« Eh quoi! pas un ami, dit-il, pas même un chien! »
On ajoute (et vraiment c'est pitié de le croire)
Qu'il serrait la brebis dans ses deux bras tremblants ;
Et quand il vint en pleurs raconter son histoire,
On vit que ses deux bras étaient nus et sanglants.
« Il ne ment pas, dit-on ; il tremble, il saigne! il pleure !
« Quoi ! c'est donc vrai, Colas! » Il s'appelait Colas.

    « Nous avons bien ri tout à l'heure ;
Et la brebis est morte ! elle est mangée... hélas! »

On le plaignit. Un rustre, insensible à ses larmes,
Lui dit : « Tu fus menteur, tu trompas notre effroi.
Or, s'il m'avait trompé, le menteur, fût-il roi,
    Me crierait vainement : « Aux armes ! »

Et vous n'êtes pas roi, mon ange, et vous mentez !
Ici, pas un flatteur dont la voix vous abuse ;

      Vous n'avez point d'excuse.

Quand vous aurez perdu tous les cœurs révoltés,
Vous ne direz qu'à moi votre souffrance amère,

      Car on ne ment pas à sa mère.

Tout s'enfuira de vous, j'en pleurerai tout bas ;
Vous n'aurez plus d'amis, je n'aurai plus de joie.
Que ferons-nous, alors ? Ah ! ne vous cachez pas !
Prenez un peu courage, **enfant**, que je vous voie !
Vous me touchez le cœur, j'y sens votre pardon ;
Allez, petit chéri, ne trompez plus personne ;
Soyez sage, aimez Dieu ; je crois qu'il vous pardonne :

      Il est père, il est bon !

LE PETIT BUISSONNIER

Il ne faut plus courir à travers les bruyères,
Enfant, ni sans congé vous hasarder au loin.
Vous êtes très-petit, et vous avez besoin
Que l'on vous aide encor à dire vos prières.
Que feriez-vous aux champs si vous étiez perdu?
Si vous ne trouviez plus le sentier du village?
On dirait : « Quoi! si jeune, il est mort! c'est dommage. »
Vous crieriez... De si loin, seriez-vous entendu?
Vos petits compagnons, à l'heure accoutumée,
Danseraient à la porte et chanteraient.... hélas!
Il faudrait leur répondre, en la tenant fermée :
« Une mère est malade, enfants, ne chantez pas! »
Et vos cris rediraient : « O ma mère! ô ma mère! »
L'écho vous répondrait; l'écho vous ferait peur.
L'herbe humide et la nuit vous transiraient le cœur;

3

Vous n'auriez à manger que quelque plante amère.

Point de lait, point de lit!... Il faudrait donc mourir!

J'en frissonne! et vraiment ce tableau fait frémir.

Embrassons-nous, je vais vous conter une histoire :

Ma tendresse pour vous éveille ma mémoire.

Il était un berger veillant avec amour

Sur des agneaux chéris, qui l'aimaient à leur tour.

Il les désaltérait dans une eau claire et saine ;

Les baignait à la source et blanchissait leur laine ;

De serpolet, de thym, parfumait leur repas ;

Des plus faibles encor guidait les premiers pas ;

D'un ruisseau quelquefois permettait l'escalade.

Si l'un d'eux, au retour, traînait un pied malade,

Il était dans ses bras tout doucement porté,

Et la nuit, sur son lit, dormait à son côté.

Réveillés le matin par l'aurore vermeille,

Il leur jouait des airs à captiver l'oreille ;

Plus tard, quand ils broutaient leur souper sous ses yeux,

Au son de sa musette il les rendait joyeux.

Enfin, il renfermait sa famille chérie

       Dedans la bergerie.

Quand l'ombre sur les champs jetait son manteau noir,

Il leur disait : « Bonsoir,
Chers agneaux ! sans danger reposez tous ensemble ;
L'un par l'autre pressés, demeurez chaudement,
Jusqu'à ce qu'un beau jour se lève et nous rassemble ;
Sous la garde des chiens dormez tranquillement. »

Les chiens rôdaient alors, et le pasteur sensible
Les revoyait heureux dans un rêve paisible.
Eh ! ne l'étaient-ils pas ? Tous bénissaient leur sort,
Excepté le plus jeune ; hardi, malin, folâtre,
Des fleurs, du miel, des blés et des bois idolâtre,
Seul, il jugeait tout bas que son maître avait tort.

Un jour, riant d'avance, et roulant sa chimère,
Ce petit fou d'agneau s'en vint droit à sa mère,
Sage et vieille brebis, soumise au bon pasteur.

« Mère ! écoutez, dit-il, d'où vient qu'on nous enferme ?
Les chiens ne le sont pas et j'en prends de l'humeur.
Cette loi m'est trop dure, et j'y veux mettre un terme.
Je vais courir partout, j'y suis très-résolu.
Le bois doit être beau pendant le clair de lune :
Oui, mère ! dès ce soir, je veux tenter fortune ;

Tant pis pour le pasteur; c'est lui qui l'a voulu. »

« — Demeurez, mon agneau, dit la mère attendrie ;
Vous n'êtes qu'un enfant bon pour la bergerie :
Restez-y près de moi ! Si vous voulez partir,
Hélas ! j'ose pour vous prévoir un repentir. »

« — J'ose vous dire non, cria le volontaire... »
Un chien les obligea tous les deux à se taire.

Quand le soleil couchant au parc les rappela,
Et que par flots joyeux le troupeau s'écoula,
L'agneau sous une haie établit sa cachette ;
Il avait finement détaché sa clochette ;
Dès que le parc fut clos, il courut à l'entour.
Il jouait, gambadait, sautait à perdre haleine.
« Je voyage, dit-il, je suis libre à mon tour !
Je ris, je n'ai pas peur ; la lune est claire et pleine,
Allons au bois, dansons, broutons ! » Mais par malheur,
Des loups, pour leurs enfants, cherchaient alors curée.
Un peu de laine, hélas ! sanglante et déchirée,
Fut tout ce que le vent daigna rendre au pasteur.
Jugez comme il fut triste à l'aube renaissante !

Jugez comme on plaignit la mère gémissante !
« Quoi ! ce soir, cria-t-elle, on nous appellera,
Et ce soir... et jamais l'agneau ne répondra ! »
En l'appelant en vain elle affligea l'Aurore ;
Le soir elle mourut en l'appelant encore.

L'ENFANT AMATEUR D'OISEAUX

« Ecoute, oiseau ! je t'aime et je voudrais te prendre
Pour ton bien. Seul au toit comment peux-tu chanter?
Moi, quand je suis tout seul je m'en vais; s'arrêter,
C'est attendre ou dormir; et courir, c'est apprendre.
Viens courir ! je t'invite à mon jardin très-grand,
Plus grand que cette plaine et qui sent bon les roses;
Mon père y va chanter ses rimes et ses proses;
Ma mère y tend son linge et le lave au courant;
Moi, j'y vis en tous sens, comme l'oiseau qui vole;
Je monte aux murs en fleurs, aux fruits plantés pour moi;
Viens ! je partagerai les plus beaux avec toi;
Viens, nous partagerons tout, excepté l'école !
Depuis que je t'ai vu pour la première fois,
Je ne fais que chanter pour imiter ta voix.
Oh ! les hommes devraient chanter au lieu d'écrire :

L'encre et les lourds papiers les empêchent de rire.

Oiseau ! tu chanterais pour moi si tu m'aimais ;

Mais tu t'en vas toujours et tu ne viens jamais !

Viens ! sois reconnaissant. Je tiendrai ta fontaine

De verre toujours fraîche, et, sois sûr, toujours pleine.

L'école, c'est ma mort ; jamais tu n'y viendras.

Je serais bien fâché d'y faire aller personne :

Je n'ai jamais sommeil que quand l'école sonne.

Toi, sans penser à rien, libre, tu m'attendras

Dans ta cage : elle est neuve et solide et cachée

Sous la vigne flottante autour de ma maison ;

Tu verras le soleil descendre à l'horizon,

Et tu diras le jour à ma mère couchée.

Tu n'as vu nulle part de nid mieux fait, plus vert ;

Plus frais quand on a chaud, plus chaud quand c'est l'hiver.

Tout s'y trouve : on y peut loger un grand ménage

D'oiseau. C'est un palais !

L'OISEAU.

— Oui ! mais c'est une cage ;

Et pour mes goûts d'oiseau, mon garçon, j'aime mieux

Les cieux !

LE COUCHER D'UN PETIT GARÇON

« Couchez-vous, petit Paul; il pleut, c'est nuit, c'est l'heure.
Les loups sont au rempart, le chien vient d'aboyer.
La cloche a dit : « Dormez ! » et l'ange gardien pleure
Quand les enfants, si tard, font du bruit au foyer.

« — Je ne veux pas toujours aller dormir, et j'aime
A faire étinceler mon sabre au feu du soir.
Et je tuerai les loups! je les tuerai moi-même! »
Et le petit méchant, tout nu, vint se rasseoir.

« —Où sommes-nous? mon Dieu! donnez-nous patience;
Et surtout soyez Dieu! soyez lent à punir :
L'âme qui vient d'éclore a si peu de science !
Attendez sa raison, mon Dieu! dans l'avenir,

L'oiseau qui brise l'œuf est moins près de la terre ;
Il vous obéit mieux : au coucher du soleil,
Un par un descendus dans l'arbre solitaire,
Sous le rideau qui tremble ils plongent leur sommeil.

Au colombier fermé nul pigeon ne roucoule ;
Sous le cygne endormi l'eau du lac bleu s'écoule ;
Paul ! trois fois la couveuse a compté ses enfants ;
Son aile les enferme ; et moi je vous défends !

La lune, qui s'enfuit toute pâle et fâchée,
Dit : « Quel est cet enfant qui ne dort pas encore ? »
Sous son lit de nuage elle est déjà couchée ;
Au fond d'un cercle noir la voilà qui s'endort.

Le petit mendiant, perdu seul à cette heure,
Rôdant avec ses pieds las et froids, doux martyr !
Dans la rue isolée où sa misère pleure,
Mon Dieu ! qu'il aimerait un lit pour s'y blottir ! »

Et Paul, qui regardait encore sa belle épée,
Se coucha doucement en pliant ses habits ;
Et sa mère bientôt ne fut plus occupée
Qu'à baiser ses yeux clos par un ange assoupis !

L'OREILLER D'UNE PETITE FILLE

Cher petit oreiller, doux et chaud sous ma tête,
Plein de plume choisie, et blanc! et fait pour moi,
Quand on a peur du vent, des loups, de la tempête,
Cher petit oreiller, que je dors bien sur toi!

Beaucoup, beaucoup d'enfants pauvres et nus, sans mère,
Sans maison, n'ont jamais d'oreiller pour dormir;
Ils ont toujours sommeil, ô destinée amère!
Maman, douce maman! cela me fait gémir.

Et quand j'ai prié Dieu pour tous ces petits anges
Qui n'ont pas d'oreiller, moi, j'embrasse le mien.
Seule, dans mon doux nid qu'à tes pieds tu m'arranges,
Je te bénis, ma mère, et je touche le tien!

Je ne m'éveillerai qu'à la lueur première
De l'aube au rideau bleu ; c'est si gai de la voir !
Je vais dire tout bas ma plus tendre prière ;
Donne encore un baiser, douce maman ! Bonsoir !

PRIÈRE.

Dieu des enfants ! le cœur d'une petite fille,
Plein de prière, écoute, est ici sous mes mains ;
On me parle toujours d'orphelins sans famille :
Dans l'avenir, mon Dieu, ne fais plus d'orphelins !

Laisse descendre au soir un ange qui pardonne,
Pour répondre à des voix que l'on entend gémir ;
Mets sous l'enfant perdu, que sa mère abandonne,
Un petit oreiller qui le fera dormir !

ADIEU D'UNE PETITE FILLE A L'ÉCOLE

Mon cœur battait à peine, et vous l'avez formé ;
Vos mains ont dénoué le fil de ma pensée,
Madame ! et votre image est à jamais tracée
Sur les jours de l'enfant que vous avez aimé !

Si le bonheur m'attend, ce sera votre ouvrage ;
Vos soins l'auront semé sur mon doux avenir ;
Et si pour m'éprouver mon sort couve un orage,
Votre jeune roseau cherchera du courage,
Madame ! en s'appuyant sur votre souvenir !

LE FANEUR ET L'ENFANT

LE FANEUR.

Eh ! pourquoi pleures-tu ? Ta colombe était vieille...

L'ENFANT.

Vieille !

LE FANEUR.

Elle allait perdant les ailes et les yeux ;
Elle ne trouvait plus son chemin vers les cieux,
  Ni le froment de sa corbeille.
Il fallait la porter dans l'arbre, au grand soleil,
Lui puiser l'eau du jour, la nourrir graine à graine ;
Elle avait toujours froid et se traînait à peine
  De l'hiver à l'été vermeil.

L'ENFANT.

Ma colombe !...

LE FANEUR.

Ah ! ma foi, ta colombe est guérie.
Elle nous rendait sourds à force de gémir.
Elle avait fait son temps. Toi, tu pourras dormir
      Ou gambader par la prairie.
      Va courir, va ! sèche tes pleurs !

L'ENFANT.

Hier, elle essayait de me tendre les ailes.

LE FANEUR.

Hier n'est plus ! L'air bleu fourmille d'étincelles,
      Et les buissons sentent les fleurs.

L'ENFANT.

Le monde est tout changé !

LE FANEUR.

                  Le monde va de même ;
Pourquoi ne prends-tu pas ce qu'il met devant toi ?
Pourquoi lui demander ce qu'il n'a plus ? Pourquoi
      Pleurer un vieil oiseau ?

L'ENFANT.

Je l'aime.

LE FANEUR.

Viens en chercher un autre; il en pleut dans les blés.
On marche sur des nids, puis on en trouve encore.
Dieu le veut : des oiseaux sont toujours près d'éclore
    Quand les oiseaux sont envolés.
Viens voir dans les sillons !

L'ENFANT.

                    Non, j'attends ma colombe.
Ma colombe viendra tous les soirs, tous les jours.
Elle était ma colombe et je la veux toujours !
Vois-tu ce tas de fleurs ? C'est sa petite tombe ;
J'y reste.

LE FANEUR.

    Pourquoi faire ?

L'ENFANT.

                    Oh ! pour la voir venir !
Faneur, ne sais-tu pas que rien ne doit mourir ?

LE FANEUR.

Ce serait beau, mais quoi!...

L'ENFANT.

Sois-en sûr! c'est mon père
Qui me dit de le croire et qui veut que j'espère.

LE FANEUR.

J'en vois voler vers nous...

L'ENFANT.

Adieu, faneur, adieu.

LE FANEUR.

Tu ne veux pas les prendre?

L'ENFANT (*qui s'en va*).

O ma colombe! ô Dieu!

LE CHIEN ET L'ENFANT

Enfant, d'une pierre lancée
Ne blesse pas le chien courant!
Que savons-nous si la pensée
N'anime pas ce corps errant?
Peut-être un grand instinct le presse
Vers la prison qu'il sent là-bas...
Enfant, n'ayons qu'une caresse
Pour le chien qui ne nous mord pas!

Gardien de nos maisons ouvertes,
Sentinelle de vos berceaux,
C'est l'ami qui, des tombes vertes,
Visite les froids arbrisseaux.
Là, de son passé qui l'oppresse,
A qui donc se plaint-il tout bas?

4

Enfant, n'ayons qu'une caresse
Pour le chien qui ne nous mord pas.

Hôte de la pauvre chaumière,
Où s'éteignent d'humbles vieillards,
De l'aveugle il est la lumière,
Éclairant ses mornes hasards.
Par sa vigilante tendresse,
Vois, comme il avertit ses pas !
Enfant, n'ayons qu'une caresse
Pour le chien qui ne nous mord pas.

Si le glaive ardent de la guerre
Frappe son maître tout armé,
Si la sentence militaire
Brise un front qu'il a tant aimé,
Perçant la foule qui s'empresse,
Il fait pleurer les vieux soldats...
Enfant, n'ayons qu'une caresse
Pour le chien qui ne nous mord pas.

LA GRANDE PETITE FILLE

Maman! comme on grandit vite !
Je suis grande, j'ai cinq ans !
Eh bien, quand j'étais petite,
J'enviais toujours les grands.

Toujours, toujours à mon frère,
S'il venait me secourir,
Même quand j'étais par terre,
Je disais : « Je veux courir ! »

Ah! c'était si souhaitable
De gravir les escaliers !
A présent, je dîne à table ;
Je danse avec mes souliers.

Et ma cousine Mignonne,
A qui j'apprends à parler,
Du haut des bras de sa bonne
Boude, en me voyant aller.

Pauvre enfant ! Qu'elle est gentille
Quand elle pleure après moi !
J'en fais ma petite fille ;
Je la baise comme toi

Lorsque, me voyant méchante,
Tu chantais pour me calmer.
Je la calme aussi ; je chante
Pour la forcer de m'aimer.

Et puis, maman, je suis forte,
Bon papa te le dira.
Son grand fauteuil, à la porte,
Sais-tu qui le roulera ?

Moi ! c'est sur moi qu'il s'appuie
Quand son pied le fait souffrir ;
C'est moi qui le désennuie
Quand il dit : « Viens me guérir ! »

O maman, je te regarde
Pour apprendre mon devoir,
Et c'est doux d'y prendre garde
Puisque je n'ai qu'à te voir.

Quand j'aurai de la mémoire,
C'est moi qui tiendrai la clé,
Veux-tu ? de la grande armoire
Où le linge est empilé.

Nous la polirons nous-mêmes
De cire à la bonne odeur ;
O maman, puisque tu m'aimes,
Je suis sage avec ardeur.

Nous ferons l'aumône ensemble
Quand tes chers pauvres viendront :
Un jour, si je te ressemble,
Maman, comme ils m'aimeront !

Je sais ce que tu vas dire;
Tous tes mots, je m'en souviens.
Là, j'entends que ton sourire
Dit : « Viens m'embrasser ! » Je viens !

4.

L'ENFANT AU MIROIR

A MADEMOISELLE ÉMILIE BASCANS.

Si j'étais assez grande,
    Je voudrais voir
L'effet de ma guirlande
    Dans mon miroir.
En montant sur la chaise,
    Je l'atteindrais :
Mais, sans aide et sans aise,
    Je tomberais.

La dame, plus heureuse,
    Sans faire un pas,
Sans quitter sa causeuse,
    De haut en bas,
Dans une glace claire,

Comme au hasard,
Pour apprendre à se plaire,
Jette un regard.

Ah ! c'est bien incommode
D'avoir huit ans !
Il faut suivre la mode
Et perdre un temps !...
Peut-on aimer la ville
Et les salons !
On s'en va si tranquille
Dans les vallons !

Quand ma mère qui m'aime
Et me défend,
Et qui veille elle-même
Sur son enfant,
M'emporte où l'on respire
Les fleurs et l'air,
Si son enfant soupire,
C'est un éclair.

Les ruisseaux des prairies

Font des psychés,
Où, libres et fleuries,
Les fronts penchés,
Dans l'eau qui se balance,
Sans nous hausser,
Nous allons en silence
Nous voir passer.

C'est frais dans le bois sombre,
Et puis c'est beau
De danser comme une ombre
Au bord de l'eau!
Les enfants de mon âge,
Courant toujours,
Devraient tous au village
Passer leurs jours.

LA FRIVOLE

Ah ! je suis inconsolable
D'avoir perdu mon ruban !
Ma chère, il était semblable
Aux rouleaux de mon volant.
Celui-ci, bien qu'adorable,
Regarde, est d'un autre blanc !...

On a bien raison de dire :
« Les chagrins sont près de nous. »
Pas un cœur qui ne soupire
Du sort méchant et jaloux.
Tu ris... Ne me fais pas rire !
Pourtant, ce serait bien doux !

Mais je suis inconsolable
D'avoir perdu mon ruban !

Ma chère, il était semblable
Aux rouleaux de mon volant.
Celui-ci, bien qu'adorable,
Regarde, est d'un autre blanc!

Mise hier comme une fée,
Au bras de mon frère Henri,
D'un coup de vent décoiffée,
J'entre, et chacun pousse un cri.
J'étais tout ébouriffée :
Juge si nous avons ri !

Mais je suis inconsolable
D'avoir perdu mon ruban!
Ma chère, il était semblable
Aux rouleaux de mon volant.
Celui-ci, bien qu'adorable,
Regarde, est d'un autre blanc!

La joie est dans notre école,
Mais toujours le bonheur ment!
Tiens, c'est un oiseau qui vole!
Moi, j'irai, Dieu sait comment...

Que ne suis-je un peu frivole
Au moins pour danser gaiment !

Mais je suis inconsolable
D'avoir perdu mon ruban !
Ma chère, il était semblable
Aux rouleaux de mon volant.
Celui-ci, bien qu'adorable,
Regarde, est d'un. autre blanc !

Si j'étais moins désolée,
Nous redirions notre pas...
Pourtant, avant l'assemblée,
Chantons et valsons tout bas.
Suis-moi, je suis envolée !
C'est enchanteur, n'est-ce pas ?...

Mais je suis inconsolable
D'avoir perdu mon ruban !
Ma chère, il était semblable
Aux rouleaux de mon volant.
Celui-ci, bien qu'adorable
Regarde, est d'un autre blanc !

LA PETITE PLEUREUSE A SA MÈRE

On gronde l'enfant
A qui l'on défend
De pleurer quand bon lui semble ;
On dit que les fleurs
Sèchent bien des pleurs..
Tu mêles donc tout ensemble ?

Oui, maman, je t'ai vue avec ton air joyeux,
Le rire sur la bouche et les larmes aux yeux.

Au bal, sous ses bouquets, j'ai vu pleurer ma mère.
J'ai baisé cette larme, elle était bien amère.

Viens que je te console. Avais-tu trop dansé ?
Moi, je ne gronde pas ! Moi, quand mon pied lassé

Me défend d'être bien aise,

  L'ennui qui me prend

  M'arrête en courant,

  Et je m'endors sur ma chaise.

Oh ! si je viens encore pleurer sur tes genoux,

Maman, ne me dis plus : « Vous n'êtes pas gentille ! »

Dansons, quand nous pouvons, ou pleurons entre nous,

Mais ne nous grondons pas : vois-tu, je suis ta fille,

Et je t'aime, et je vais prier Dieu tous les jours

De m'égayer beaucoup pour t'égayer toujours !

Embrasse donc bien fort ta petite chérie,

Et jamais, plus jamais ne dis : « Vous... » je t'en prie !

Ainsi consolons-nous et donnons-nous la main :

Si nous pleurons ce soir, va ! nous rirons demain !

LA PETITE FILLE ET L'OISEAU

L'OISEAU.

Bonjour, petite fille !
Que fais-tu dans mon bois
Es-tu de ma famille ?
On dirait qu'autrefois
J'ai chanté dans ta voix.

Moi, je nais ; vite, vite,
De la mousse, un berceau
Il faut que je m'acquitte,
Par ce temps clair et beau,
De mon devoir d'oiseau.

Voler de fête en fête
Sous les cieux éclatants,

C'est à fendre la tête,
Et l'on n'a pas le temps
De jouir du printemps.

Et toi, petite fille,
Que fais-tu dans mon bois ?
Es-tu de ma famille ?
On dirait qu'autrefois
J'ai chanté dans ta voix.

                LA PETITE FILLE.

Bonjour, oiseau ! je pense
Me reconnaître ici...
Tu vois : les fleurs, la danse,
Me tiennent en souci ;
J'ai mes devoirs aussi !

On ne veut pas comprendre !
Mais, toi, tu comprendras,
Dis : pouvons-nous prétendre,
Parmi tant d'embarras,
A nous croiser les bras ?

Il faut rire, il faut vivre ;

On n'en vient pas à bout.

Croit-on que hors d'un livre

On n'apprend rien du tout ?

Pour moi j'apprends partout !

L'OISEAU.

Bravo, petite fille !

Je t'aime dans mon bois ;

Vivons donc en famille,

Et chantons à la fois

Avec la même voix !

AU SOLEIL

Ami de la pâle indigence,
Sourire éternel au malheur,
D'une intarissable indulgence
Aimable et visible chaleur,

Ta flamme, d'orage trempée,
Ne s'éteint jamais sans espoir;
Toi, tu ne m'as jamais trompée
Lorsque tu m'as dit : Au revoir !

Italie.

A M. DUBOIS

DIRECTEUR DE L'HOPITAL DE DOUAI

SA PETITE FILLE

Lève sur tes genoux ta plus petite fille,
Père! j'ai quelque chose à cacher dans ton cœur :
J'ai prié ce matin pour toute la famille,
    En priant Dieu pour ton bonheur.

Regarde ce bouquet : c'est là qu'est le mystère.
Pour le rendre plus cher à ton cœur généreux,
On l'a noué des noms de tous les malheureux
    Que tu consoles sur la terre.

L'ENFANT BÉNI

A MARIE BERTHOUD

Puisque la Vierge vous défend,
Je vais là-bas, mon doux enfant,
Vous chercher des choses jolies,
Des fuseaux, des perles polies,
Qu'on donne aux anges d'ici-bas ;
Vous en aurez ; ne criez pas.

Laissez couver le feu qui dort,
Jouez loin de ses rayons d'or :
Il consumerait vos dentelles
Et vous, nos espérances belles !
Le feu ne doit pas se toucher ;
Il ne vient que trop nous chercher.

En prière il faut vous tenir,
Pour m'entendre au loin revenir.
Gardez-vous d'ouvrir à personne.
Aussi fort que la cloche sonne ;
Quand même ce serait le roi,
N'ouvrez qu'à Dieu, n'ouvrez qu'à moi !

Enfant ! puisque Dieu vous bénit
Et verse du blé sur le nid,
A présent tout rit sur la terre ;
Car dans un doux coin solitaire,
Un fruit mûr, un peu de froment,
Font tourner la terre gaîment !

La Vierge aime à suivre des yeux
L'âme qu'elle a nourrie aux cieux ;
Et quand votre mère est sortie,
Près de l'Enfant Jésus blottie
Vous n'avez qu'à bien écouter :
Votre âme l'entendra chanter !

UN PAUVRE

A MON FILS

Enfant! sois doux au pauvre, il en est d'adorables ;
Il en est de puissants sous leurs traits misérables :
Tel est celui qui monte attiré par ta voix,
Qui descend toujours humble et content quelquefois,
Selon nos jours à nous, vides, nourris d'attente,
Ou comblés de travail et de joie haletante.
Dieu lui fait, m'a-t-il dit, de longues nuits sans peur,
Et sous un peu de paille il a chaud dans son cœur!
Le sommeil a pour lui des ailes toutes prêtes ;
C'est là qu'il illumine et qu'il donne ses fêtes;
Là qu'un ange vient dire à ce pauvre à genoux :
« Debout! debout, mon frère! et montez avec nous!
Laissez-moi relever votre âme voyageuse,
Laver vos pieds durcis par l'argile fangeuse,

5.

Rendre vos pas légers puisqu'ils sont sans remords,
Et délier vos bras pour les tendre à la mort.
Ayez foi dans la mort : cette cueilleuse d'âmes
Ne les moissonne pas pour en tuer les flammes,
Mais pour les délivrer de leur lourd vêtement,
Comme on ôte le sable où dort le diamant.

Dans votre épreuve solitaire,
Ne demandez pas le bonheur ;
Sa semence est dans votre cœur ;
Il n'éclora pas sur la terre.

Si la terre en poussait les fleurs,
Voyez qu'elles n'ont qu'une aurore,
Et qu'elles laisseraient encore
Leurs épines dans vos douleurs.

Mais ce fruit couvé par votre âme
Naîtra plus haut mûr et vermeil,
Fait d'une impérissable flamme,
Comme un rubis sous le soleil.

Le bonheur, c'est l'amour sans larmes ;
C'est la liberté sans effrois,

Sans prisons, sans haine, sans armes,
Et les mondes roulant sans rois.

Bénissez donc vos pleurs, dont l'intérêt s'amasse.
Dieu compte avec la terre ; où l'ombre règne, il passe !
Et l'éternité s'ouvre aux mots : Pardon ! amour !
Montez ! » Et l'indigent monte à Dieu jusqu'au jour !

Quand ce beau rêve a fui, quand la faim le réveille,
S'il tombe en soupirant du ciel où l'on sommeille,
Il reprend son fardeau plus léger, lui plus fort,
Et gravit, patient, les affronts de son sort.

Ce pauvre est plus qu'un pauvre ! une telle indigence,
Puisque Dieu la permet, ouvre l'intelligence :
Dieu voilé parle en lui. Souvent ses vieux lambeaux
M'ont paru lumineux, comme si de flambeaux,
Comme si des rayons d'une auréole sainte,
Sa tête blanchissante et paisible était ceinte :
Ce pauvre est plus qu'un pauvre, enfant ! Sois doux pour lui
Comme tu fus hier, s'il revient aujourd'hui !

Lyon, 1830.

LE MOINEAU FRANC

« Sacrebleu ! voilà le soleil,
Dit l'oiseau dont la plume pousse.
Il va sécher l'herbe et la mousse,
Et nous faire un monde vermeil :
Il fait tout, ce roi sans pareil.
Sacrebleu ! voilà le soleil !

Je voudrais vivre cent mille ans,
S'il avait cent mille ans à vivre,
Pour le regarder et le suivre,
Suspendu sur les blés brûlants ;
Quand même il pleuvrait des milans,
Je voudrais vivre cent mille ans !

Les milans ! qu'ils viennent un peu !
J'en ai peur comme d'une paille ;

Je m'en amuse et je m'en raille,
Les pieds croisés devant mon feu.
Voici le soleil, sacrebleu !
Les milans, qu'ils viennent un peu !

Hardi les fleurs et les chansons !
Le printemps me monte à la tête :
C est Dieu qui va payer la fête.
A vos rangs, messieurs les pinsons !
La table est dressée aux buissons ;
Hardi les fleurs et les chansons !

Mon habit vient d'un bon tailleur ;
Il est léger pour les montagnes ;
Il plaît aux cités, aux campagnes,
Où le peuple n'est point railleur.
L'homme n'en fait pas de meilleur.
Mon habit vient d'un bon tailleur !

Le monde est assez grand pour moi ;
Tout m'appelle au loin, tout m'arrive,
Et je vais de mon aile vive
Egayer la vitre du roi.

Je vole plus haut que la loi :
Le monde est assez grand pour moi !

— Petit paysan des oiseaux !
Tu dis cela quand on t'écoute
Aux sillons de la grande route,
Ou sur la tête des roseaux
Dont les femmes font leurs fuseaux,
Petit paysan des oiseaux !

Le cœur le plus triste est charmé
De ta joie alerte et volante,
La mémoire y coule moins lente;
Et s'il a jamais rien aimé,
Tout rêveur et tout désarmé,
Le cœur le plus triste est charmé ! »

UN ARC DE TRIOMPHE

Tout ce qu'ont dit les hirondelles
Sur le colossal monument,
C'est que c'était à cause d'elles
Qu'on élevait ce bâtiment.

Leur nid s'y pose si tranquille,
Si près des grands chemins du jour,
Qu'elles ont pris ce champ d'asile
Pour causer d'affaire ou d'amour.

En hâte, à cette énorme porte,
Parmi tous ces morts triomphants,
Sans façon l'hirondelle apporte
Un grain de chanvre à ses enfants.

Dans le casque de la Victoire,
L'une, heureuse, a couvé ses œufs,
Qui, tout ignorants de l'histoire,
Éclosent, fiers comme chez eux.

Voulez-vous lire au fond des gloires
Dont le marbre est tout recouvert ?
Mille doux cris à têtes noires
Sortent du grand livre entr'ouvert.

La plus mince qui rentre en France
Dit aux oiseaux de l'étranger :
« Venez voir notre nid immense,
Nous avons de quoi vous loger. »

Car dans leurs plaines de nuages,
Les canons ne s'entendent pas
Plus que si les hommes bien sages
Riaient et s'entr'aimaient en bas.

La guerre est un cri de cigale
Pour l'oiseau qui monte chez Dieu ;
Et le héros que rien n'égale
N'est vu qu'à peine en si haut lieu.

Voilà pourquoi les hirondelles,
A l'aise dans ce bâtiment,
Disent que c'est à cause d'elles
Que Dieu fit faire un monument!

LES OISEAUX

Caravane aux voix enflammées,
Légers navigateurs du vent,
Petites âmes emplumées
Qu'une fleur héberge souvent;
Peuple d'en haut, joyeux mystère,
Donnez votre exemple à la terre,
Vous qui suivez la même loi,
Vous qui chantez le même roi!

Sous l'arceau de la vieille église
Ou dans l'arbre en fleur du chemin,
Le cœur au nid, l'aile à la brise,
Harmonistes du genre humain;
Peuple d'en haut, joyeux mystère,
Donnez votre exemple à la terre,

Vous qui suivez la même loi,
Vous qui chantez le même roi !

Quand vos délirantes roulades
Font sourire un morne empereur,
Vous versez les mêmes aubades
Dans l'oreille du laboureur.
Peuple d'en haut, joyeux mystère,
Donnez votre exemple à la terre,
Vous qui suivez la même loi,
Vous qui chantez le même roi !

Exempts de nos durs anathèmes,
Vous vous épousez dans les airs ;
Et, multipliant vos baptèmes,
Vous peuplez gaîment l'univers.
Peuple d'en haut, joyeux mystère,
Donnez votre exemple à la terre,
Vous qui suivez la même loi,
Vous qui chantez le même roi !

Sans clefs, sans portes, sans ferrailles,
Sans rideau, pour y voir plus clair,

Vos loyers pendent aux murailles
Que l'homme fait payer si cher !
Peuple d'en haut, joyeux mystère,
Donnez votre exemple à la terre,
Vous qui suivez la même loi,
Vous qui chantez le même roi !

Jamais un triste plan de guerre
N'a rassemblé votre conseil,
Et vous ne vous attroupez guère
Que pour saluer le soleil.
Peuple d'en haut, joyeux mystère,
Donnez votre exemple à la terre,
Vous qui suivez la même loi,
Vous qui chantez le même roi !

Levés avec l'aube levée,
Montant vers Dieu dans sa lueur,
Au voisin de votre couvée
Vous n'allez pas chanter malheur !
Peuple d'en haut, joyeux mystère,
Donnez votre exemple à la terre,
Vous qui suivez la même loi,
Vous qui chantez le même roi !

Dans vos luttes d'amour sans larmes,
Musiciens toujours d'accord,
Vous rendez seulement les armes
A qui chantera le plus fort !
Peuple d'en haut, joyeux mystère,
Donnez votre exemple à la terre,
Vous qui suivez la même loi,
Vous qui chantez le même roi!

Si vos nids, dans nos paysages,
Sont menacés par nos chasseurs,
Vous allez loger aux nuages,
Plus libres que vos oppresseurs !
Peuple d'en haut, joyeux mystère,
Donnez votre exemple à la terre,
Vous qui suivez la même loi,
Vous qui chantez le même roi !

Orchestre ailé de la nature,
D'une divine sépulture
Honorant vos frêles débris,
Les cieux vous servent-ils d'abris ?
Peuple d'en haut, joyeux mystère,

Donnez votre exemple à la terre,
Vous qui suivez la même loi,
Vous qui chantez le même roi !

Car jamais on n'a vu la trace
De vos corps tombés dans les bois,
Où vous ne laissez que la grâce
D'un écho rempli de vos voix.
Peuple d'en haut, joyeux mystère,
Donnez votre exemple à la terre,
Vous qui suivez la même loi,
Vous qui chantez le même roi !

Ah ! je sens que je fus colombe,
En voyant vos ailes s'ouvrir ;
Et, pour vous suivre par la tombe,
J'ai déjà moins peur de mourir.
Peuple d'en haut, joyeux mystère,
Donnez votre exemple à la terre,
Vous qui suivez la même loi,
Vous qui chantez le même roi !

LA MOUCHE BLEUE

Humble fille de l'air, mouche bleue et gentille,
Qui rafraîchis ton vol sur d'humides roseaux,
    N'es-tu pas le nain des oiseaux ?
Non, tu ne chantes pas, légère volatile ;
Tu n'as point de plumage, et ton rapide essor,
M'en fait mieux admirer l'invisible ressort.
Tu ris de l'oiseleur, tu fais sauver sa joie ;
Ton piquant aiguillon le distrait de sa proie,
    Et ton bourdonnement moqueur
Lui nomme impunément son agile vainqueur.
Tu montes jusqu'aux cieux les ailes étendues ;
Un rayon de soleil te guide et te soutient ;
Ta famille dansante et s'y joue et s'y tient,
Comme un essaim de fleurs dans les airs répandues.
Qu'il est gai de te voir t'y balancer longtemps,

Descendre vers la terre, et remonter encore ;

Y chercher, renaissante au souffle du printemps,

Sur ta robe de gaze un reflet de l'aurore !

Violette vivante ! à ce peu qu'il te fait,

Le ciel donne le monde, imprime la pensée,

Le sentiment, l'amour ! et, sans remords blessée,

   Pour toi du moins l'amour n'est qu'un bienfait !

Je m'amuse à rêver sur ton frêle édifice,

     Soutenu de frêles piliers,

     Si polis et si réguliers

Qu'on les croirait mouvant par artifice.

     Hélas ! dans l'âge le plus fort,

Comme toi l'homme tombe ; et ce maître du monde

     N'a point d'ami qui le seconde

     Dans son duel avec la mort !

O mouche ! que ton être occupa mon enfance !

Combien, lorsque attristant mon paisible loisir,

Quelque enfant sous mes yeux accourait te saisir,

     Mes larmes prenaient ta défense !

Petite philosophe, on a médit de toi ;

J'en veux à la fourmi qui t'a cherché querelle.

Un printemps fait ta vie, en jouir est la loi

Es-tu moins prévoyante, es-tu moins riche qu'elle ?

Esclave de la terre, elle y rampe toujours ;

Ses trésors souterrains sont clos à l'indigence ;

Et, quand il a rempli son avare exigence,

Du ciron malheureux elle abrége les jours.

Pour toi, souvent rêveuse et souvent endormie,

Je t'observe partout avec des yeux d'amie ;

Quand la nature est triste il ne te faut plus rien,

Et tu romps avec elle un fragile lien.

Oh! puisse l'âpre hiver épargner ta faiblesse !

Que l'aquilon jamais ne te soit rigoureux !

Que ton corps délicat, qu'un rien détruit ou blesse,

Trouve contre la brume un foyer généreux !

Atome voyageur, en passant les montagnes,

Les ruisseaux, les chemins, les cités, les campagnes,

Que Dieu te sauve, hélas ! et du bec d'un oiseau,

Et de l'insecte au fin réseau !

_____ —

LE VER LUISANT

Juin parfumait la nuit, et la nuit transparente
N'était qu'un voile frais étendu sur les fleurs ;
L'insecte lumineux, comme une flamme errante
Jetait avec orgueil ses mobiles lueurs.

« J'éclaire tout, dit-il, et jamais la nature
N'a versé tant d'éclat sur une créature.
Tous ces vers roturiers qui rampent au grand jour,
Celui qui dans la soie enveloppe sa vie,
Cette plèbe des champs, dont j'excite l'envie,
Me fait pitié, me nuit dans mon vaste séjour ;
Nés pour un sort vulgaire et des soins insipides,
Immobiles et froids comme en leurs chrysalides,
La nuit, sur les gazons, je les vois sommeiller ;
Moi, lampe aventureuse, au loin on me devine ;

Étincelle échappée à la source divine,
   Je n'apparais que pour briller !
Sans me brûler j'allume un phare à l'espérance ;
De mes jeunes époux il éveille l'amour ;
Sur un trône de fleurs belles de ma présence,
J'attire mes sujets, j'illumine ma cour !

Et ces feux répandus dans de plus hautes sphères,
Ces diamants rangés en phares gracieux,
   Ce sont assurément mes frères,
   Qui se promènent dans les cieux !
Les rois, qui dorment mal, charment leur insomnie
A regarder courir ces légers rayons d'or ;
Au sein de l'éclatante et nocturne harmonie,
   C'est moi qu'ils admirent encor ;
Leur grandeur en soupire, et rien dans leur couronne
N'offre l'éclat vivant dont seul je m'environne. »

Ainsi le petit ver se délectait d'orgueil ;
Il brillait. Philomèle à sa flamme attentive
   Interrompt son hymne de deuil,
   Que le soir rendait plus plaintive.
Jalouse, ou rappelant quelque exilé chéri,

Mélodieuse encor dans son inquiétude,

Amante de ses pleurs et de la solitude,

Elle épuisait son cœur d'un lamentable cri.

N'ayant de tout le jour cherché la moindre proie,

    Par instinct, sans haine, sans joie,

Du phosphore rampant elle suit la lueur,

    Qui sert de fanal pour l'atteindre ;

Et sans même goûter de plaisir à l'éteindre,

S'en nourrit, pour chanter plus longtemps sa douleur.

·LES DEUX ABEILLES

Au fond d'une vallée où s'éveillaient les fleurs,
On vit légèrement descendre deux abeilles.
Elles cherchaient des yeux ces fleurs, fraîches merveilles,
Où l'aurore en passant avait laissé des pleurs.

L'herbe brillait de perles arrosée ;
L'horizon bleu, les gouttes de rosée,
Sur la colline une ardente clarté,
Tout annonçait un jour brûlant d'été ;
Tout l'attestait ; car un jardin rustique
Répandait à l'entour des deux errantes sœurs
De suaves parfums, d'attrayantes douceurs,
Et d'un souffle embaumé la langueur sympathique.

Toutes deux ont franchi l'enclos vert du jardin.
« Voyez, dit la plus vive (elle était frêle et blonde),

Voyez que de trésors! ce n'est rien que jasmin,
Lilas, rose, et, je crois, toutes les fleurs du monde! »
Cette folle suivait son volage désir,
Aux enivrants bouquets se suspendait à peine,
Prodiguant ses baisers jusqu'à manquer d'haleine,
Disant : « Demain le miel, aujourd'hui le plaisir! »

L'autre, plus posément, savourait les délices
Du banquet préparé pour les filles de l'air,
 Et, prévoyant les besoins de l'hiver,
Pour la ruche épuisée en gardait les prémices.
Leurs ailes en tremblaient. Mais un globe fatal,
Suspendu dans les fleurs sous la méridienne,
Semble de l'ambroisie offrir le doux régal
 A la blonde épicurienne.
Sous ce cristal, frappé de tous les feux du ciel,
 S'échauffe et fermente le miel;
Innocente liqueur, pour l'homme préparée,
Mais qui donne la mort à la mouche dorée :
Sa force s'y consume, et sa raison s'y perd.
L'abîme transparent par malheur est ouvert;
L'imprudente n'y voit qu'un don de la fortune;
Sa sœur, qui l'en détourne, est presque une importune,

Et, malgré ses conseils, elle court s'y plonger.

Quand on veut le bonheur, en voit-on le danger?

« Par quel charme imposteur vous êtes asservie!

Dit l'autre en soupirant; vous me faites pitié;

Quittez ce doux breuvage, au nom de l'amitié,

    Peut-être, hélas! au nom de votre vie!

Vous ne m'écoutez pas. Je reviendrai ce soir;

O ma sœur! le travail est utile à notre âge.

Puissé-je ne pas voir bientôt, chère volage,

    Ce que je tremble de prévoir! »

Elle retourne aux fleurs avec inquiétude.

Ce beau jour lui parut plus lent qu'un autre jour :

Tout suc lui semble amer, et sa sollicitude

Implore et croit du soir avancer le retour.

Enfin, à l'horizon le soleil va s'éteindre;

Elle vole à sa sœur, et, tout près de l'atteindre,

L'appelle en la grondant d'un ton craintif et doux :

« Allons, il se fait tard; me voici, venez-vous?

— Il n'est plus temps, ma sœur, je suis trop accablée,

    Je ne puis plus me sauver de ce lieu.

Je vous regarde encor, mais ma vue est troublée;

Mon corps brûle et languit; venez me dire adieu!

Je ne puis me mouvoir. Un grand feu me dévore.

Mes ailes, je le sens, ne peuvent m'emporter.

Voyez comme je suis! mais soyez bonne encore;

Si mon crime (il est grand!) ne peut se racheter,

Ne me haïssez pas, je n'étais pas méchante,

La volupté trompeuse égarait ma raison.

Ce breuvage mortel dont l'ardeur nous enchante,

Que je l'aimais, ma sœur! et c'était un poison...

   Je me repens, et je succombe :

   Sous une fleur creusez ma tombe.

Adieu! Pourquoi le ciel créa-t-il le désir,

Ma sœur, s'il a caché la mort dans le plaisir? »

Elle ne parla plus. Ses ailes s'étendirent,

   Ses petits pieds doucement se raidirent,

Et sa sœur gémissante eut peine à s'envoler.

Ce tableau, d'un long deuil attrista sa mémoire;

Elle fut toujours seule, et jamais, dit l'histoire,

Même au sein du travail ne put se consoler!

CONTE IMITÉ DE L'ARABE

C'était jadis : pour un peu d'or,
 Un fou quitta ses amours, sa patrie.
(De nos jours cette soif ne paraît point tarie ;
 J'en connais qu'elle brûle encor).
Courageux, il s'embarque ; et, surpris par l'orage,
Demi-mort de frayeur il échappe au naufrage.
La fatigue d'abord lui donne le sommeil,
Puis enfin l'appétit provoque son réveil.

Au rivage, où jamais n'aborda l'espérance,
Il cherche, mais en vain, quelque fruit savoureux ;
Du sable, un rocher nu, s'offrent seuls à ses yeux ;
Sur la vague en fureur il voit fuir l'existence.
L'âme en deuil, le cœur froid, le corps appesanti,
L'œil fixé sur les flots qui mugissent encore,

Sentant croître et crier la faim qui le dévore,
Dans un morne silence il reste anéanti.

La mer, qui par degrés se calme et se retire,
Laisse au pied du rocher les débris du vaisseau ;
L'infortuné vers lui lentement les attire,
S'y couche, se résigne, et s'apprête un tombeau.
Tout à coup il tressaille, il se lève, il s'élance :
Il croit voir un prodige, et se jette à genoux.
D'un secours imprévu bénir la Providence
Est de tous les besoins le plus grand, le plus doux !
      Puis, en tremblant, ses mains avides
Touchent un lin mouillé, rempli de grains humides.
Il presse, il interroge et la forme et le poids,
Y sent rouler des fruits... des noisettes... des noix...
« Des noix! dit-il, des noix! quel trésor plein de charmes! »
Il déchire la toile. O surprise! ô tourment!
    « Hélas! dit-il en versant quelques larmes,
        Ce ne sont que des diamants! »

LE DERVICHE ET LE RUISSEAU

Un ruisseau, frais enfant d'une source cachée,
Promenait sur les fleurs son humide cristal :
L'herbe, au pied du miroir n'était jamais penchée
Il y versait la vie à flot toujours égal.
Harmonieux passant, son mobile murmure
     Enchantait la nature ;
Un doux frémissement, quand de ses molles eaux
     Il mouillait les roseaux,
Avertissait au loin quelque chèvre altérée
Qu'un filet d'eau roulait sous les saules tremblants
Et la bergère au soir, dans la glace épurée,
     Venait baigner ses pieds brûlants.

Un derviche dormeur, au fond de sa cellule,
Oubliant que sa soif y puise du secours,

Las d'entendre le bruit de l'onde qui circule,
Pour prier ou dormir, veut en briser le cours.
Mais, du ruisseau la pente est à jamais tracée ;
De la rive, où sa voix s'élève cadencée,
Rien ne peut détourner son tendre attachement ;
Le dévot s'en irrite, il gronde, et lourdement
Au milieu du cristal jette une pierre énorme,
Criant : « Silence, enfin ! il est temps que je dorme ! »

Innocemment rebelle, arrêtée en courant,
L'onde à son tour s'offense, et vive, peu dormeuse,
   Elle se change en cascade écumeuse,
Qui semble menacer de devenir torrent.

Le derviche effrayé se recule, s'agite,
Étourdi du fracas que lui-même a causé ;
Pour ses rêves pieux il cherche un autre gîte,
Regrettant son jardin sans fatigue arrosé.

Accablé de chaleur, il s'assied sur la route ;
De son front tout poudreux l'eau tombe goutte à goutte.
« Maudit ruisseau ! dit-il, me résister ! frémir !
Murmurer quand je parle ! Ah ! je sais des entraves

Qui rendront avant peu tes libertés esclaves ! »
Et, rafraîchi d'espoir, il se mit à dormir.

Mais tandis qu'à plein cœur le derviche sommeille,
L'oiseau dans le buisson, la vigilante abeille,
Le vent, qui fait tourner la feuille du bouleau,
Tout imite une voix soufflant à son oreille :
« Dormez en paix, mon père, et laissez couler l'eau. »

LE SAGE ET LES DORMEURS

« Levez-vous de bonne heure, enfants! disait un sage ;
N'éteignez pas le jour, la vie est un flambeau ;
Tenez les yeux ouverts durant ce court passage :
Nous dormons si longtemps couchés dans le tombeau! »

Alors qu'un père parle il faut bien se résoudre.
On se lève, étouffant de timides rumeurs ;
Et la fraîcheur de l'aube achève de dissoudre
Quelques pavots épars sur le front des dormeurs.
Les voilà dans les bois où tout s'éveille et chante,
Où la feuille frémit sur l'arbuste embaumé,
Où l'oiseau dit aux fleurs, aux cieux qu'il est aimé,
Où tout brille et s'empreint d'une grâce touchante.

Ils vont! l'heureux vieillard de loin poursuit leurs pas.
Dans le parfum des fleurs s'exhale sa prière :

« Dieu ! protégez mes fils ! mes fils !... ils seront las ;
Jamais leur pied sitôt n'a foulé la bruyère. »

Mais bientôt ses enfants accourent dans son sein,
Dépouillés, palpitant de peur et de colère...
Ainsi, loin des frelons, on voit fuir un essaim
D'abeilles, regagnant la ruche tutélaire.

« Voyez ! voyez, mon père ! ils nous ont tout ravi,
Des brigands qui chantaient, qui raillaient sur nos traces ;
De nous lever pour eux ils nous ont rendu grâces ;
Quel conseil, ô mon père ! et nous l'avons suivi ! »

— N'en dites point de mal, mes fils ; suivez-le encore ;
Demandez aux voleurs riant de leur délit :
S'ils n'avaient avant vous sollicité l'aurore,
Ils n'auraient pas trouvé votre argent dans leur lit. »

L'AUMONE

Toute fleur bénit sur la terre
L'eau qui tombe pour la nourrir ;
L'aumône est l'eau qui désaltère :
Sois béni, toi qui peux l'offrir !

Fais tant et si souvent l'aumône,
Qu'à ce doux travail occupé
La mort te trouve et te moissonne,
Comme un lis pour le ciel coupé.

L'ESPÉRANCE

Ouvrez ! ouvrez ! je suis bonne nouvelle !
Je viens de loin, et mes pieds sont poudreux.
Vous m'attendiez : j'accours dès qu'on m'appelle ;
Ouvrez ! j'arrive avec des biens nombreux.

Prenez ceci, puis ceci, puis encore :
Voilà de quoi remplir bien des beaux jours.
Adieu ! j'entends une voix qui m'implore,
Gardez mon nom, je reviendrai toujours.

LA MADONE DES CHAMPS

A MES FILLES

Toujours notre Madone
Est là, levant sa main,
Entre le ciel qui tonne
Et les blés du chemin ;
Dans l'herbe haute assise,
Au salut des passants,
Elle n'a point d'église,
De cierges ni d'encens.

Sous le toit d'aubépines
Qui lui sert de palais,
L'oiseau chante matines
Dans l'arbre pur et frais ;
Les enfants du village

Sont ses anges élus,
Et les bruits du feuillage
Lui sonnent l'angélus!

Son regard sans colère
Parle au cœur repentant;
Son doux silence éclaire
L'aveugle qui l'entend.
Un pauvre l'a trouvée
Au fond du chemin creux,
Et Dieu l'a conservée
Aux autres malheureux!

Prenez pour confidente
Sa charité sans voix;
La voix la plus prudente
Nous trahit quelquefois.
Dans son chaste mystère,
A l'abri des regrets,
Au-dessus de la terre
Enfermez vos secrets!

Quand sur ses pieds de reine,

J'ai mis mon front brûlant,
Je sens, veine par veine,
Couler un calme lent.
Filles de Notre-Dame,
Dormez sur ses genoux,
Pour élever votre âme
Elle en sait plus que nous.

LA PRIÈRE DES ORPHELINS

Voix d'enfants, ô voix qui chantez,
Dites-nous vers qui vous montez?

« — Nous cherchons Dieu qui nous rassemble,
Dieu qui nous donna votre appui,
Et pour arriver jusqu'à lui,
Nous mêlons nos souffles ensemble.
Dieu, qui soutenez le roseau,
Dieu, qui donnez l'aile à l'oiseau,
Donnez l'âme à notre prière
Pour qu'elle monte à vous, mon père! »

Voix d'enfants, ô voix qui pleurez,
Dites-nous qui vous implorez?

7.

— « Nous pleurons pour l'enfant sans mère
Que nous voyons errer là-bas ;
Nous voulons un guide à ses pas,
Un refuge à sa vie amère.
Dieu, qui soutenez le roseau,
Dieu, qui donnez l'aile à l'oiseau,
Donnez l'âme à notre prière,
Pour qu'elle vous plaise, ô mon père!

Voix sans audace et sans frayeur,
Que demandez-vous au Seigneur?

— « Le doux pardon, l'amour immense
Pour le prisonnier palpitant,
Pour le coupable repentant
Et pour les méchants en démence.
Dieu, qui soutenez le roseau,
Dieu, qui donnez l'aile à l'oiseau,
Donnez l'âme à notre prière,
Pour qu'elle monte à vous, mon père ! »

Voix d'enfants, dites-nous encor
Où s'en va votre tendre essor?

— « Il s'en va plus haut que l'orage
Chercher les saintes charités.
Un oiseau nous a dit : « Chantez ! »
Un roseau nous a dit : « Courage! »
Dieu, qui soutenez le roseau,
Dieu, qui donnez l'aile à l'oiseau,
Donnez l'âme à notre prière
Pour qu'elle vous plaise, ô mon père! »

Voix d'enfants, priez donc pour nous,
Car l'innocence est avec vous.

— « Dieu juste, écartez les alarmes
Des heureux qui donnent toujours ;
Donnez-leur autant de beaux jours
Qu'ils nous ont épargné de larmes !
Dieu, qui soutenez le roseau,
Dieu, qui donnez l'aile à l'oiseau,
Donnez l'âme à notre prière
Pour qu'elle vous touche, ô mon père. »

SELON DIEU

Mère, un cheval est à la porte,
Il demande la charité.
— Vite, du foin, qu'on le lui porte,
Il en sera réconforté.
Cheval, dis à Dieu, notre maître,
Qu'avec joie et sans te connaître,
Et nourris de sa charité,
Nous t'avons bien réconforté.

Mère, un ramier est à la porte,
Il demande la charité.
— J'ai là du blé, qu'on le lui porte,
Il en sera réconforté.
Ramier, dis à Dieu, notre maître,

Qu'avec joie et sans te connaître,

Et nourris de sa charité,

Nous t'avons bien réconforté.

Mère, un enfant est à la porte,

Il demande la charité.

— Tout notre lait qu'on le lui porte,

Il en sera réconforté.

Enfant, dis à Dieu, notre maître,

Qu'avec joie et sans te connaître,

Et nourris de sa charité,

Nous t'avons bien réconforté.

Mère, un vieillard est à la porte,

Il demande la charité.

— Du vin, du vin, qu'on le lui porte,

Il en sera réconforté.

Vieillard, dis à Dieu, notre maître,

Qu'avec joie et sans te connaître,

Et nourris de sa charité,

Nous t'avons bien réconforté.

Mère, un coupable est à la porte,

Il demande la charité.

— Ce manteau blanc, qu'on le lui porte,
Nous l'aurons réhabilité.
Ami, dis à Dieu, notre maître,
Qu'avec joie et sans te connaître,
Et brûlants de sa charité,
Nous t'avons réhabilité.

LE NUAGE ET L'ENFANT

L'enfant disait au nuage :
« Attends-moi jusqu'à demain,
Et, par le même chemin,
Nous nous mettrons en voyage.

« Toi, sous tes belles lueurs,
Moi, dans les champs pleins de fleurs,
Sur le cheval de mon père,
Nous irons vite, j'espère.

« Je m'y tiens bien, tu verras,
J'y monte seul à la porte,
Et, quand mon père m'emporte,
Je n'ai pas peur dans ses bras.

« Quand il fait beau, comme un guide,
En tête, il me fait asseoir ;
Tiens, d'en haut tu pourras voir
Comme je tiens bien la bride.

« Ah ! je voudrais d'ici-là
Ne faire qu'une enjambée
Sur la nuit toute tombée,
Pour te dire : me voilà !

« Mais je vais faire un beau rêve
Où je rêverai de toi ;
Jusqu'à ce que Dieu l'achève,
Ami nuage, attends-moi ! »

*
* *

Comme il jetait les paroles
De ses espérances folles,
Le nuage décevant
Glissait poussé par le vent.

Pourtant le bambin sautille,
L'oiseau chante, l'eau scintille,

Et l'écho lui sonne au cœur :
« Demain ! demain! quel bonheur! »

Enfin le soleil se couche,
Et son baiser qui le touche
D'un voile ardent clôt ses yeux
Qu'il tenait ouverts aux cieux.

Près de rentrer chez sa mère,
Au voyageur éphémère
L'enfant veut parler encor,
Mais le beau fantôme d'or

N'est plus qu'une vapeur grise,
Qu'avec un cri de surprise
L'enfant qu'il vient d'éblouir
Voit fondre et s'évanouir.

Au cri de la petite âme,
S'est élancée une femme,
Qui, le voyant sauf et sain,
Boudeur, l'emporte à son sein.

Plaintif, le mignon s'y cache,

Déclarant ce qui le fâche,
Que, sans son bel étranger,
Il ne veut plus voyager.

« Si tu chéris les nuages,
Mon amour, pour tes voyages
Le temps en aura toujours ;
Il en passe tous les jours ;

— « Ce ne sera plus le même,
Celui-là, mère, je l'aime ! »
Dit l'enfant, puis il pleura...
Et la femme soupira.

Juin 1818.

DORMEUSE

Si l'enfant sommeille,
Il verra l'abeille,
Quand elle aura fait son miel,
Danser entre terre et ciel.

Si l'enfant repose,
Un ange tout rose,
Que la nuit seule on peut voir,
Viendra lui dire : Bonsoir !

Si l'enfant est sage,
Sur son doux visage,
La Vierge se penchera,
Et longtemps lui parlera !

Si mon enfant m'aime,
Dieu dira lui-même ·
« J'aime cet enfant qui dort ;
Qu'on lui porte un rêve d'or.

Fermez ses paupières,
Et sur ses prières,
De mes jardins pleins de fleurs,
Faites glisser les couleurs.

Ourlez-lui des langes,
Avec vos doigts d'anges,
Et laissez sur son chevet
Pleuvoir votre blanc duvet.

Mettez-lui des ailes
Comme aux tourterelles,
Pour venir dans mon soleil,
Danser jusqu'à son réveil !

Qu'il fasse un voyage
Aux bras d'un nuage,
Et laissez-le, s'il lui plaît,
Boire à mes ruisseaux de lait !

Donnez-lui la chambre
De perles et d'ambre,
Et qu'il partage en dormant
Nos gâteaux de diamant.

Brodez-lui des voiles
Avec mes étoiles,
Pour qu'il navigue en bateau
Sur mon lac d'azur et d'eau !

Que la lune éclaire
L'eau pour lui plus claire,
Et qu'il prenne, au lac changeant,
Mes plus fins poissons d'argent !

Mais je veux qu'il dorme,
Et qu'il se conforme
Au silence des oiseaux,
Dans leurs maisons de roseaux !

Car si l'enfant pleure,
On entendra l'heure
Tinter partout qu'un enfant
A fait ce que Dieu défend !

L'écho de la rue
Au bruit accourue,
Quand l'heure aura soupiré,
Dira : L'enfant a pleuré !

Et sa tendre mère,
Dans sa nuit amère,
Pour son ingrat nourrisson
Ne fera plus de chanson !

S'il brame, s'il crie,
Par l'aube en furie
Ce cher agneau révolté
Sera *peut-être* emporté !

Un si petit être
Par le toit, peut-être,
Tout en criant s'en ira,
Et jamais ne reviendra !

Qu'il rôde en ce monde,
Sans qu'on lui réponde ;
Jamais l'enfant que je dis
Ne verra mon paradis ! »

Oui, mais s'il est sage,
Sur son doux visage
La Vierge se penchera
Et longtemps lui parlera !

Lyon.

POUR ENDORMIR L'ENFANT

Ah ! si j'étais le cher petit enfant
Qu'on aime bien, mais qui pleure souvent,
    Gai comme un charme,
    Sans une larme,
J'écouterais chanter l'heure et le vent...
(Je dis cela pour le petit enfant.)

Si je logeais dans ce mouvant berceau,
Pour mériter qu'on m'apporte un cerceau,
    Je serais sage
    Comme une image,
Et je ferais moins de bruit qu'un oiseau...
(Je dis cela pour l'enfant du berceau.)

Ah ! si j'étais notre blanc nourrisson,
Pour qui je fais cette belle chanson,

Tranquille à l'ombre,

Comme au bois sombre,

Je rêverais que j'entends le pinson...

(Je dis cela pour le blanc nourrisson.)

Ah ! si j'étais l'ami des blancs poussins

Dormant entre eux, doux et vivants coussins,

Sans que je pleure,

J'irais sur l'heure

Faire chorus avec ces petits saints...

(Je dis cela pour l'ami des poussins.)

Si le cheval demandait à me voir,

Riant d'aller nager à l'abreuvoir,

Fermant le gîte,

Je crîrais vite :

« Demain l'enfant pourra vous recevoir... »

(Je dis cela pour l'enfant qu'il vient voir.)

Si j'entendais les loups hurler dehors,

Bien défendu par les grands et les forts,

Fier comme un homme

Qui fait un somme,

Je répondrais : « Passez, messieurs, je dors !... »
(Je dis cela pour les loups du dehors.)

On n'entendit plus rien dans la maison,
Ni le rouet, ni l'égale chanson ;
     La mère ardente,
     Fine et prudente,
Fit l'endormie auprès de la cloison,
Et suspendit tout bruit dans la maison.

(Sur une mélodie allemande : *Eiapopeia, Schlief lieber als du...*) Alte und neue Kinderlieder ; n° 34. Leipzig. (Voir à la fin pour la musique de cette pièce.)

AUX MÈRES

A MES ENFANTS

Quand le soleil y passe, ouvrez votre fenêtre,
Lui seul sait essuyer l'humide et sombre hiver.
Si le bonheur absent vient pour vous reconnaître,
Que votre cœur charmé, tout grand, lui soit ouvert.

Gardez-vous de bouder, enfants, contre vous-même ;
Sachez : l'or est moins pur qu'un tendre et doux conseil,
Enfants ! ne pas sourire à l'ami qui vous aime,
  C'est tourner le dos au soleil.

LA FILEUSE ET L'ENFANT

J'appris à chanter en allant à l'école,
Les enfants joyeux aiment tant les chansons !
Ils vont les crier au passereau qui vole ;
Au nuage, au vent, ils portent la parole,
Tout légers, tout fiers de savoir des leçons.

La blanche fileuse, à son rouet penchée,
Ouvrait ma jeune âme avec sa vieille voix,
Lorsque j'écoutais, toute lasse et fâchée,
Toute buissonnière en un saule cachée,
Pour mon avenir ces thèmes d'autrefois.

Elle allait chantant d'une voix affaiblie,
Mêlant la pensée au lin qu'elle allongeait ;
Courbée au travail comme un pommier qui plie,

Oubliant son corps d'où l'âme se délie ;
Moi j'ai retenu tout ce qu'elle songeait :

Voyez les enfants qui courent à leur tête,
On les plaint beaucoup, mais on leur dit : Va-t'en !
Ces agneaux perdus n'ont rien qui les arrête ;
Sans guide, sans mère, ils bravent la tempête :
Agneau de mon cœur, n'en faites pas autant.

Ne passez jamais devant l'humble chapelle,
Sans y rafraîchir les rayons de vos yeux ;
Pour vous éclairer c'est Dieu qui vous appelle ;
Son nom dit le monde à l'enfant qui l'épelle,
Et c'est, sans mourir, une visite aux cieux !

Ce nom comme un feu mûrira vos pensées,
Semblable au soleil qui mûrit les blés d'or ;
Vous en formerez des gerbes enlacées,
Pour les mettre un jour sous vos têtes lassées,
Comme un moissonneur qui chante et qui s'endort.

N'ouvrez pas votre aile aux gloires défendues ;
De tous les lointains juge-t-on la couleur ?

Les voix sans écho sont les mieux entendues.
Dieu tient dans sa main les clés qu'on croit perdues,
Et de tous les secrets lui seul sait la valeur.

Quand vous respirez un parfum délectable,
Voulez-vous savoir d'où vient ce souffle pur ?
Tout parfum descend de la divine table,
L'abeille en arrive, artiste infatigable,
Et le miel doré coule aussi de l'azur.

L'été, lorsqu'un fruit fond sous votre sourire,
Ne demandez pas : Ce doux fruit, qui l'a fait ?
Vous direz : C'est Dieu, Dieu par qui tout respire ;
En piquant le mil l'oiseau sait bien le dire,
Le chanter aussi par un double bienfait.

Si vous avez peur lorsque la nuit est noire,
Vous direz : Mon Dieu ! je vois clair avec vous !
Vous êtes la lampe au fond de ma mémoire,
Vous êtes la nuit, voilé dans votre gloire,
Vous êtes le jour, et vous brillez pour nous !

Si vous rencontrez un pauvre sans baptème,
Donnez-lui le pain que l'on vous a donné ;

Parlez-lui d'amour comme on fait à vous-même,
Dieu dira : C'est bien ! voilà l'enfant que j'aime ;
S'il s'égare un jour il sera pardonné !

Voyez-vous passer dans sa tristesse amère
Une femme seule et lente à son chemin ?
Regardez-la bien et dites : C'est ma mère,
Ma mère qui souffre ! Honorez sa misère.
Et soutenez-la du cœur et de la main.

Enfin, faites tant et si souvent l'aumône,
Qu'à ce doux travail ardemment occupé,
Quand vous vieillirez (tout vieillit), Dieu l'ordonne,
Quelque ange en passant vous touche et vous moissonne,
Comme un lis tout blanc pour la Vierge coupé.

Les ramiers s'en vont où le vent les emmène,
L'eau court après l'eau qui fuit sans s'égarer ;
Le chêne grandit sous les bras du grand chêne,
L'enfant seul revient où son cœur le ramène,
Où les vieux tombeaux l'attirent pour pleurer.

J'appris tous ces chants en allant à l'école.
Les enfants joyeux aiment tant les chansons !

Ils vont les crier au passereau qui vole ;
Au nuage, au vent ils portent la parole,
Tout légers, tout fiers de savoir des leçons !

OUVREZ AUX ENFANTS

Les enfants sont venus vous demander des roses,
        Il faut leur en donner.
— Mais les petits ingrats détruisent toutes choses...
        Il faut leur pardonner.

Tout printemps est leur fête et tout jardin leur table ;
        Qu'ils prennent à loisir !
Ils nous devront, du moins, souvenir délectable !
        D'avoir eu du plaisir !

Demain nous glanerons les roses répandues,
        Trésor du jardin vert ;
Ces haleines d'été ne seront pas perdues
        Pour embaumer l'hiver.

Ouvrez donc aux enfants qui demandent des roses ;
        Il faut leur en donner ;
Et si l'instinct les pousse à briser toutes choses,
        Il faut leur pardonner !

LE SOIR D'ÉTÉ

Venez, mes chers petits, venez, mes jeunes âmes,
Sur mes genoux venez tous les deux vous asseoir.
Au soleil qui se couche il faut dire bonsoir :
Voyez comme il est beau dans ses mourantes flammes!
Sa couronne déjà n'a plus qu'un rayon d'or :
Demain, plus radieux, vous le verrez encor,
Car on ne l'a point vu s'enfuir sous un nuage.
La cigale a chanté ; nous n'aurons point d'orage :
Ce soleil mûrira les fruits que vous aimez,
Il vous rendra vos jeux, vos bouquets parfumés.
Dès qu'il s'éveillera, je vous dirai moi-même :
Allons voir le soleil. Jugez si je vous aime !

      Les charmantes heures viendront
      Danser autour de la journée,
      Et riantes s'envoleront,
Formant avec des fleurs la trame de l'année.

Et vous appellerez le faible agneau qui dort
Pour le baigner ce soir; il n'est pas assez fort :
Huit jours font tout son âge, il se soutient à peine,
Et vous le fatiguez à courir dans la plaine.

Venez, il en est temps, vous baigner au ruisseau.
Tout semble se pencher vers son cristal humide :
Le moucheron brûlant y pose un pied timide ;
Et, fatigué du jour, le flexible arbrisseau
Y trace de son front la fugitive empreinte.
A ses flots attiédis confiez-vous sans crainte ;
Je suis là. Voyez-vous ces poissons innocents?
Ne les effrayez pas ; ils s'enfuiront d'eux-mêmes :
De vos jeunes désirs on dirait les emblèmes :
Sans les troubler encore ils glissent sur vos sens.
Saluez, mes amours, cette vieille bergère :
Son sourire aux enfants donne une nuit légère.

Quoi! vous voulez courir, pauvres petits mouillés ?
Ce papillon tardif, que la fraîcheur attire,
Baise dans vos cheveux les lilas effeuillés,
Et, tout en vous bravant, je crois l'entendre rire.
C'est assez le poursuivre et lui jeter des fleurs,

Enfants, vos cris de joie éveillent la colombe :
Un roseau qui s'incline, une feuille qui tombe,
Rompt le charme léger qui suspend les douleurs.
Écoutez dans son nid s'agiter l'hirondelle :
Tout lui semble un danger, car elle a des petits.
Peut-être elle a rêvé qu'ils étaient tous partis :
La voilà qui se calme; elle les sent près d'elle ?

Mais la lune se lève et pâlit mes crayons :
Ne bravez pas dans l'eau ses humides rayons :
Les pavots vont pleuvoir sur sa lente carrière.
Au ciel, qui donne tout, offrez votre prière;
Elle est pure et charmante, et vous la dites bien.
La voix est faible encor, mais c'est Dieu qui l'écoute!
Un faible accent vers lui sait trouver une route ;
Il entend un soupir, il ne dédaigne rien.
Et maintenant dormez.
                    — Leurs mains entrelacées
Semblent lier encor leurs naïves pensées.
Hélas ! ces cœurs aimants qu'elles viennent d'unir,
Ne les séparez pas, mon Dieu, dans l'avenir !

Ils dorment. Qu'ils sont beaux! Que leur mère est heureuse !

Dieu! bénissez ma nuit; Dieu! gardez mon trésor!
Dieu n'a pas oublié ma plainte douloureuse,
Sa pitié m'écouta... Tout ce que j'ai perdu,
Sa pitié, je le sens, me l'a presque rendu!

Sommeil! ange invisible aux ailes caressantes,
Verse sur mes enfants tes fleurs assoupissantes,
Que ton baiser de miel enveloppe leurs yeux.
Que ton vague miroir réfléchisse leurs jeux.
Au pied de ce berceau que mon amour balance
Fais asseoir avec toi l'immobile silence.
Ma prière est sans voix, mais elle brûle encor.

LA PREMIÈRE COMMUNION D'INÈS

Tes yeux noirs, ma fille,
Sont plus doux ce soir
Que l'encens qui brille
Au saint encensoir !
Tu sembles un ange
Sous son voile encor,
Qui rêve et s'arrange
Pour prendre l'essor.

Jeune âme sauvage,
Tremblante en mes bras,
Confie au plus sage
Tes doux embarras;
Dans cette belle heure,
On cause avec Dieu;

Va pour ce qui pleure
Lui parler un peu !

Si l'enfant lui porte
Trois souhaits en fleurs,
Il ouvre sa porte
A ses vœux sans pleurs :
Pour rêver ces choses
Baisse bien tes yeux
Et laisse tes roses
S'exhaler aux cieux !

Pour l'hymne éphémère
De ta voix d'oiseau
Demande à sa mère
L'appui d'un roseau ;
Pour tes jeunes ailes,
Un vol sans effroi ;
Ton soleil pour elles,
Ton bonheur pour moi !

AMOUR PARTOUT!

A INÈS

T'es ma fille! t'es ma poule!
T'es le petit cœur qui roule
Tout à l'entour de mon cœur!
T'es le p'tit Jésus d' ta mère!
Tiens! n'y a pas d' souffrance amère
Que ma fill' n'en soit l'vainqueur!

N'y a pas à dir', faut qu' tu manges!
Quoiqu' tu vienn' d'avec les anges,
Faut manger pour bien grandir.
Mon enfant! j' t'aim' tant qu' ça m' lasse;
C'est comme un' cord' qui m'enlace,
Qu' ça finit par m'étourdir.

Qué qu' ça m' fait si m' manqu' quéqu'chose,
Quand j' vois ton p'tit nez tout rose,
Tes dents blanch's comm' des jasmins?
J' prends tes yeux pour mes étoiles,
Et quand j' te sors de tes toiles,
J' tiens l' bon Dieu dans mes deux mains !

T'es ma fille ! t'es ma poule!
T'es le petit cœur qui roule
Tout à l'entour de mon cœur !
T'es le p'tit Jésus d' ta mère ;
Tiens ! n'y a pas d'souffrance amère
Que ma fill' n'en soit l' vainqueur !

HIPPOLYTE

Quand j'ai grondé mon fils, je me cache et je pleure.
Qui suis-je pour punir, moi, roseau devant Dieu ;
Pour devancer le temps qui nous gronde à toute heure,
Et crie à tous : Prends garde ; il faudra dire adieu !

Mourir avec le poids d'une parole amère,
D'une larme d'enfant que l'on a fait couler,
Que l'on sent sur son cœur incessamment rouler ;
Est-ce donc pour ce droit que l'on veut être mère ?

Est-ce donc là le prix des immenses douleurs
Dont nous avons payé leur présence adorée ?
De ce pas sur la tombe encor toute navrée,
Dieu ! laissez-nous donc vivre et respirer nos fleurs !

9.

Laissez-nous contempler à deux genoux la tige
Qui veut se lever seule et frémit d'obéir;
Qui veut sa liberté, son plaisir, son vertige!
Tout ce qui naît, mon Dieu, tend les bras au plaisir.

Laissez-nous seulement, ardentes sentinelles,
Écarter leurs dangers qu'ils aiment, si petits;
Si forts à repousser nos forces maternelles,
De la fierté de l'homme innocents apprentis.

Purifiez un peu ce monde où chaque haleine
A l'entour de nos fruits souffle un air plein de feu;
Préservez le lait pur dont leur jeune âme est pleine;
Alors nous guiderons l'ange par un cheveu.

Beaux anges mutinés, qui bravez nos tendresses,
Dont les jours, dont les nuits, tièdes de nos caresses,
Loin de vos nids plumeux brûlent de s'envoler,
Qui les fera plus doux pour vous en consoler?

La mère, n'est-ce pas un long baiser de l'âme?
Un baiser qui jamais ne dit non ni demain?
Faut-il ses jours? Seigneur! les voilà dans sa main,
Prenez-les pour l'enfant de cette heureuse femme!

Enfant! mot plein de ciel, qui fait reine ou martyre,
Couronne des berceaux! auréole d'épouse!
Saint orgueil! nœud du sang, éternité jalouse,
Dieu vous fait trop de pleurs pour vous anéantir!

C'est notre âme en dehors, en robe d'innocence,
Hélas! comme la vit ma mère à ma naissance :
Et si je la contemple avec d'humides yeux,
C'est que la terre est triste, et que l'âme est des cieux!

O femmes! aimez-vous pour vos secrets de larmes,
Par les devoirs sans bruit où s'effeuillent vos charmes;
Après vos jours d'encens dont j'ai bu la douceur,
Quand vous aurez souffert, appelez-moi ma sœur!

AUX TROIS AIMÉS

De vous gronder je n'ai plus le courage,
Enfants ! ma voix s'enferme trop souvent.
Vous grandissez impatients d'orage ;
Votre aile s'ouvre, émue au moindre vent.
Affermissez votre raison qui chante ;
Veillez sur vous comme a fait mon amour ;
On peut gronder sans être bien méchante :
Embrassez-moi, grondez à votre tour.

Vous n'êtes plus la sauvage couvée
Assaillant l'air d'un tumulte innocent ;
Tribu sans art, au désert préservée,
Bornant vos vœux à mon zèle incessant :

L'esprit vous gagne, ô ma rêveuse école ;
Quand il fermente, il étourdit l'amour.
Vous adorez le droit de la parole :
Anges, parlez, grondez à votre tour.

Je vous fis trois pour former une digue
Contre les flots qui vont vous assaillir :
L'un vigilant, l'un rêveur, l'un prodigue,
Croissez unis pour ne jamais faillir.
Mes trois échos, l'un à l'autre, à l'oreille
Redites-vous les cris de mon amour ;
Si l'un s'endort, que l'autre le réveille :
Embrassez-le, grondez à votre tour.

Je demandais trop à vos jeunes âmes ;
Tant de soleil éblouit le printemps !
Les fleurs, les fruits, l'ombre mêlée aux flammes,
La raison mûre et les joyeux instants,
Je voulais tout, impatiente mère,
Le ciel en bas, rêve de tout amour ;
Et tout amour couve une larme amère :
Punissez-moi, grondez à votre tour.

Toi, sur qui Dieu jeta le droit d'aînesse,
Dis aux petits que les étés sont courts ;
Sous le manteau flottant de la jeunesse,
D'une lisière enferme le secours !
Parlez de moi, surtout dans la souffrance ;
Où que je sois, évoquez mon amour :
Je reviendrai vous parler d'espérance,
Mais gronder... non : grondez à votre tour !

A MON FILS

AVANT LE COLLÉGE

Un soir l'âtre éclairait notre maison fermée,
Par le travail et toi doucement animée;
Ton aïeul tout rêveur te prit sur ses genoux;
— Il n'a jamais sommeil pour veiller avec nous. —
Il parla le premier de départ, de collége,
De travaux, de la gloire aussi qui les allége;
Content d'avoir été jeune un jour, comme toi,
Emmené par sa mère... Il le disait pour moi.
Puis, traçant des tableaux pour étendre ta vue,
De nouveaux horizons découvrant l'étendue,
Il dit que si petit qu'il fût, par le chemin,
Il soutenait sa mère et lui tenait la main;
Il raconta comment cette femme prudente
L'avait porté loin d'elle en sa tendresse ardente.

Ses yeux étaient mouillés, me fixant en dessous...
De ce poignant effort je l'aime et je l'absous !
Sur quoi me voyant coudre un manteau de voyage,
Il m'embrassa deux fois pour louer mon courage ;
Et toi, voyant qu'à tout je n'opposais plus rien,
Tu répondis : « Allons, mère ! je le veux bien !»

Oui, l'enfant veut toujours aller perçant l'espace,
Tourner autour du monde et voir ce qui s'y passe ;
Oui, son âme est l'oiseau qui n'a point de séjour
Et qui vole partout où Dieu répand le jour.

Dès ce moment j'appris que j'avais fait un rêve,
Que tout nous dit adieu, que tout bonheur s'achève,
Et je devins confuse en pesant mon devoir.
L'ai-je rempli?... Mon père était là pour le voir.
Le lendemain déjà dépassant la charmille
Et dérobant une âme au nid de la famille,

Quand nos pigeons rangés nous regardaient partir,
Trois fois prompte à rentrer, trois fois lente à sortir,
Comme celle qui croit oublier quelque chose,
Je ne pouvais sur toi tirer la porte close

Et le guide appelait : ah ! je l'entendais bien ;
Mais j'oubliais toujours qu'il ne manquait plus rien.

Et toi dont toute l'âme éclatait sans culture,
Partout où s'arrêtait notre lourde voiture,
Cher petit protecteur de mon rude chemin,
Tu descendais devant pour me donner la main.
On souriait de voir, empressé comme un page,
Un enfant si soumis, si diligent, si sage,
Et je disais en moi, triste comme aujourd'hui :
Jamais je ne pourrai m'en revenir sans lui !

Nous qui portons les fruits sur la terre où nous sommes,
Si fortes pour aimer, nous faibles sœurs des hommes,
O mères ! pourquoi donc les mettons-nous au jour
Ces tendres fruits volés à notre immense amour?
A peine ils sont à nous qu'on vient nous les reprendre.
O mères ! savez-vous ce qu'on va leur apprendre?
A trembler sous un maître ; à n'oser, par devoir,
Qu'une fois tous les ans demander à nous voir;
A détourner de nous leurs mémoires légères.
Alors que sauront-ils? Les langues étrangères,
Les vains soulèvements des peuples malheureux,

Et les fléaux humains toujours armés contre eux.

C'est donc beau? Mais le temps saurait les en instruire!

Candeur de mon enfant, on va bien vous détruire.

Quand je le reverrai, mon fils sera savant,

Il parlera latin. Hélas! mon pauvre enfant!

Et je n'oserai plus peigner ta tête blonde.

Tu parleras latin! ta science profonde

Ne pouvant avec moi suivre un long entretien,

Tu diras tout surpris : ma mère ne sait rien!

Ah! que veux-tu? l'amour n'en sait pas davantage;

Ce maître conduit tout sans faire un grand tapage,

Il va! Tant que mes pieds pouvaient porter mes jours,

J'allais chercher partout, pour t'en combler toujours,

Les fruits qui font bondir ta jeune fantaisie :

C'est notre étude à nous, c'est notre poésie;

Et je versais aussi quelques graves leçons

A ton doux cœur bercé par mes douces chansons.

N'était-ce pas assez pour nourrir ton jeune âge?

Car tu n'as pas huit ans, chère âme... et c'est dommage,

Oui, je le dis, dommage et frayeur, et danger,

D'ouvrir tant de secrets à ton âge léger.

A MON FILS

APRÈS L'AVOIR CONDUIT AU COLLÉGE

Dire qu'il faut ainsi se déchirer soi-même,
Leur porter son enfant, seule vie où l'on s'aime,
Seul miroir de ce temps où nos yeux sont pleins d'or,
Où le ciel est en nous sans un nuage encor;
Son enfant, dont la voix nouvelle et reconnue
Nous dit : Je suis ta voix fraîchement revenue ;
Son enfant ! ce portrait, cette âme, cette voix
Qui passe devant nous comme on fut une fois ;
Quand on pense qu'il faut s'en détacher vivante,
Lui choisir une cage inconnue et savante,
Le conduire à la porte et dire : Le voilà !
Prenez ; moi je m'en vais. C'est Dieu qui veut cela.

Croyez-vous ? Dieu veut donc que noyée en ma peine

Comme cette Madone assise à la fontaine,
Cachée en un vieux saule aux longs cheveux mouillés,
Je pleure, et d'un sanglot croyant troubler le monde,
J'appelle mon enfant pour que Dieu me réponde ;
Mais la porte est déjà fermée à mon malheur
Et tout dit à la femme : Allez à la douleur.

J'y vais, je n'ai rien dit, j'ai salué le maître ;
De la grande maison j'ai compté les fenêtres,
Parcouru le jardin, sans verdure, sans fleurs ;
Oui, c'est bien vrai, l'hiver est la saison des pleurs.
Les miens n'ont pas coulé de mon cœur gros d'alarme :
J'ai vu pâlir mon fils sans verser une larme.
Il pâlissait, le pauvre, en me voyant partir ;
Je souriais pourtant, j'essayais de mentir.
Dieu ! folle d'un chagrin que rien ne peut décrire,
Pour endurcir son cœur, j'essayais de sourire ;
Mais, aux frissons épars dans mes membres tremblants,
J'ai senti que j'aurais bientôt des cheveux blancs.
Va, je les aimerai. J'aimais ceux de ma mère.
Jeune encore, ils disaient son lot tendre et sévère ;
Ses longs cheveux cendrés que je baisais toujours,
Sans savoir que ce fût le livre de ses jours.

Tu baiseras les miens si l'amour me les donne,
Si tu sais où j'ai pris cette grave couronne,
Quand tu vivrais cent ans, tu t'en ressouviendras,
Et par delà nos jours, toi, tu les béniras !

L'avait-il pressenti quand furtif, hors d'haleine,
Comme un agneau cherchant sa mère dans la plaine,
Ayant franchi sans peur un vieux mur entr'ouvert
Et bondi pour m'atteindre au sentier découvert,
(Tandis que le collége, assoupi dans l'étude,
L'avait laissé se battre avec la solitude),
Quand ses bras étendus revolèrent vers moi,
Et qu'il cria : « Je veux m'en aller avec toi. »

Mais, à peine arrivé jusqu'à l'eau du rivage,
Qu'ils sont vite accourus l'ôter à mon courage !
Car ils ont dit : Courage ! en m'arrachant sa main,
Et, sans savoir par où, j'ai repris mon chemin,

Quand on dira toujours que je suis trop heureuse,
Qu'il aura de l'esprit, que l'école est nombreuse,
Que les enfants sont fiers d'y grandir loin de nous,
Que je devrais bénir mon sort à deux genoux...

Mais j'y suis à genoux ! car l'angoisse est divine,
Et femme je murmure, et mère je m'incline.
Hélas ! pour être mère on promet d'obéir,
Et mère on n'obéit qu'au risque de mourir.

Vous qui voyez ici tout ce que j'ai dans l'âme,
Vous en avez pitié puisque vous êtes femme ;
Cet amour des amours qui m'isole en ce lieu,
Ce fut le vôtre. Eh bien ! parlez-en donc à Dieu,
Sans reproche, sans bruit, douce Reine des mères,
Cachez dans vos pardons mes révoltes amères,
Couvrez-moi de silence et relevez mon front
Baissé sous le chagrin comme sous un affront.

Vous, du moins, Vierge blanche, immobile et soumise,
Et seule au bord de l'eau pensivement assise,
Les mains sur votre cœur et vos yeux sur mes yeux,
Parlez-moi, Vierge mère, oh ! parlez-moi des cieux !

Voilà ce qui s'est fait par un jour de décembre,
Mois sans soleil ; voilà ce que dans cette chambre,
Où je n'entends gronder et gémir que mon cœur,
Devant l'heure qui vient et passe avec lenteur,

Je retrace de lui, pour m'aider à l'attendre,

Jusqu'au jour, jour de vie, où je pourrai l'entendre ;

Devant mon jeune maître alors je me tairai,

Il parlera... mais moi, je le regarderai.

A MA FILLE

Ondine ! enfant joyeux qui bondis sur la terre,
Mobile comme l'eau qui t'a donné son nom,
Es-tu d'un séraphin le miroir solitaire ?
Sous ta grâce mortelle orne-t-il ma maison ?

Quand je t'y vois glisser, dansante et gracieuse,
Je sens flotter mon âme errante autour de toi,
Je me regarde vivre, ombre silencieuse ;
Mes jours purs, sous tes traits, repassent devant moi.

Car, toujours ramenés vers nos jeunes annales,
Nous retrempons nos yeux dans leurs fraîches couleurs;
Midi n'a plus le goût des heures matinales

Où l'on a respiré tant de sauvages fleurs !
Le champ, le plus beau champ que renfermât la terre,
Furent les blés bordant la maison de mon père,
Où je dansais, volage, en poursuivant du cœur
Un rêve qui criait : Bonheur ! bonheur ! bonheur !

C'est toi ! mes yeux blessés par le temps et les larmes,
Redevenus miroirs, se rallument d'amour.
N'es-tu pas tout ce monde infini, plein de charmes,
Que j'encerclais d'espoir en essayant le jour ?

Viens donc, ma vie, enfant ! et si tu la prolonges,
Ondine, aux mêmes flots ne l'abandonne pas.
Que les ruisseaux, les bois, les fleurs où tu te plonges,
Gardent leur fraîche amorce au penchant de tes pas ;
Viens ! mon âme sur toi pleure et se désaltère.
Ma fille, ils m'ont fait mal ! mets tes mains sur mes yeux,
Montre-moi l'espérance et cache-moi la terre ;
Ange, retiens mon vol ou suis-moi dans les cieux :
Mais tu n'entendras pas mes plaintes interdites ;
Dit-on au passereau de haïr, d'avoir peur ?
Tes oreilles encor sont tendres et petites,
Enfant, je ne veux pas méchantiser ton cœur.

Garde-le plein d'écho de ma voix maternelle,
Dieu qui t'écoute encore ainsi m'écoutera,
O ma blanche colombe! entr'ouvre-moi ton aile;
Mon cœur a fait le tien, il s'y renfermera.
Car ce serait affreux et pitié de t'apprendre,
Quand tu baises mes pleurs, ce qui les fait couler :
Va les porter à Dieu sans chercher à comprendre
Ce qu'une larme pèse et coûte à révéler.

Tout pleure, et l'innocent que le courant entraîne,
Et ceux qui pour prier n'ont que leur repentir;
Peut-être en ce moment les soupirs d'une reine
Sur la route du ciel rencontrent mes soupirs.

Mais que l'oiseau des nuits t'effleure en sa tristesse;
Il passe, mon Ondine, il passe avec vitesse :
Sur les traits veloutés j'aime à boire tes pleurs;
C'est l'ondée en avril qui roule sur les fleurs.

Que tes cheveux sont doux! étends-les sur mes larmes
Comme un voile doré sur un noir souvenir.
Embrassons-nous! sais-tu qu'il reste bien des charmes
A ce monde pour moi plein de ton avenir?

Et le monde est en nous : demeure avec toi-même ;
L'oiseau pour ses concerts goûte un sauvage lieu :
L'innocence a partout un confident qui l'aime.
Oh! ne livre ta voix qu'à cet écho : c'est Dieu.

AU REVOIR

A MA FILLE.

Sous tes longs cheveux d'or, quand tu cours sur la grève,
     Au vent,
Si quelque prompt ramier touche ton front qui rêve
     Souvent,
De cette aile d'oiseau ne prends pas, ô ma fille!
     D'effroi,
Pour baiser son enfant, c'est une âme qui brille :
     C'est moi.

Parmi d'autres enfants qui te font tout heureuse,
     Le soir,
Quand tu vas au jardin, lasse d'être rieuse,
     T'asseoir,

Si tu t'inquiétais comment je passe l heure

      Sans toi,.

Penche un peu ton oreille à cet oiseau qui pleure :

      C'est moi.

MA FILLE

C'est beau la vie,
Belle par toi,
De toi suivie,
Toi devant moi!
C'est beau, ma fille,
Ce coin d'azur
Qui vit et brille
Sur ton front pur.

C'est beau ton âge
D'ange et d'enfant,
Voile ou nuage
Qui te défend
Des folles âmes
Qui font souffrir,

Des tristes flammes
Qui font mourir.

Dieu fit tes charmes,
Dieu veut ton cœur,
Tes jours sans larmes,
Tes nuits sans peur ;
Mon jeune lierre,
Monte après moi ;
Dans ta prière
Enferme-toi.

C'est beau, petite,
L'humble chemin
Où je ne quitte
Jamais ta main ;
Car dans l'espace,
Aux prosternés,
Une voix passe
Qui dit : Venez.

Tout mal sommeille
Pour ta candeur,

Tu n'as d'oreille

Que dans ton cœur :

Quel temps? quelle heure?

Tu n'en sais rien;

Mais que je pleure,

Tu l'entends bien !

ONDINE A L'ÉCOLE

Vous entriez, Ondine, à cette porte étroite,
Quand vous étiez petite, et vous vous teniez droite ;
Et quelque long carton sous votre bras passé
Vous donnait on ne sait quel air grave et sensé
Qui vous rendait charmante. Aussi votre maîtresse
Vous regardait venir, et fière, avec tendresse,
Opposant votre calme aux rires triomphants,
Vous montrait pour exemple à son peuple d'enfants ;
Et, du nid studieux, l'harmonie argentine
Poussait, à votre vue : Ondine ! Ondine ! Ondine !
Car vous teniez déjà votre palme à la main,
Et l'ange du savoir hantait votre chemin.

Moi, penchée au balcon qui surmontait la rue,
Comme une sentinelle à son heure accourue,

Je poursuivais des yeux mon mobile trésor
Et, disparue enfin, je vous voyais encor;
Vous entraîniez mon âme avec vous, fille aimée,
Et je vous embrassais par la porte fermée.
Quel temps! De tous ces jours d'école et de soleil
Qui hâtaient la pensée à votre front vermeil;
De ces flots de peinture et de grâce inspirée,
L'âme sort-elle heureuse, ô ma douce lettrée?
Dites, si quelque femme avec votre candeur,
En passant par la gloire est allée au bonheur?

Oh! que vous manquiez, jeune âme de mon âme!
Quel effroi de sentir s'éloigner une flamme
Que j'avais mise au monde et qui venait de moi,
Et qui s'en allait seule : Ondine! quel effroi!

Oui, proclamé vainqueur parmi les jeunes filles,
Quand votre nom montait dans toutes les familles,
Vos lauriers m'alarmaient, à l'ardeur des flambeaux :
Ils cachaient vos cheveux que j'avais faits si beaux!
Non, voile plus divin, non, plus riche parure
N'a jamais d'un enfant ombragé la figure.
Sur ce flot ruisselant qui vous gardait du jour,

Le poids d'une couronne oppressait mon amour;

Vos maîtres étaient fiers et moi j'étais tremblante :

J'avais peur d'attiser l'auréole brûlante,

Et, troublée aux parfums de si précoces fleurs,

Vois-tu, j'en ai payé l'éclat par bien des pleurs.

Comprends tout!... J'avais vu tant de fleurs consumées;

Tant de mères mourir, de leur amour blâmées;

Ne sachant bien qu'aimer, je priais Dieu pour vous,

Pour qu'il te gardât simple et tendre comme nous :

Et toi, tu souriais, intrépide à m'apprendre

Ce que Dieu t'ordonnait, ce qu'il fallait comprendre.

Muse, aujourd'hui, dis-nous, dans ta pure candeur,

Si Dieu te l'ordonnait du moins pour ton bonheur?

RÊVE INTERMITTENT D'UNE NUIT TRISTE

A ONDINE

O champs paternels hérissés de charmilles
Où glissent le soir des flots de jeunes filles!

O frais pâturages où de limpides eaux
Font bondir la chèvre et chanter les roseaux!

O terre natale; à votre nom que j'aime,
Mon âme s'en va toute hors d'elle-même;

Mon âme se prend à chanter sans effort;
A pleurer aussi, tant mon amour est fort!

J'ai vécu d'aimer, j'ai donc vécu de larmes;
Et voilà pourquoi mes pleurs eurent leurs charmes.

Voilà, mon pays, n'en ayant pu mourir,
Pourquoi j'aime encor au risque de souffrir.

Voilà, mon berceau, ma colline enchantée,
Dont j'ai tant foulé la robe veloutée,

Pourquoi je m'envole, à vos bleus horizons,
Rasant les flots d'or des pliantes moissons.

La vache mugit sur votre pente douce,
Tant elle a d'herbage et d'odorante mousse,

Et comme au repos appelant le passant,
Le suit d'un regard humide et caressant.

Jamais les bergers pour leurs brebis errantes
N'ont trouvé tant d'eau qu'en vos sources courantes.

J'y rampai débile en mes plus jeunes mois,
Et je devins rose au souffle de vos bois.

Les bruns laboureurs m'asseyaient dans la plaine
Où les blés nouveaux nourrissaient mon haleine.

11

Albertine aussi, sœur des blancs papillons,
Poursuivait les fleurs dans les mêmes sillons ;

Car la liberté, toute riante et mûre,
Est là, comme aux cieux, sans gloire, sans armure,

Sans peur, sans audace et sans austérité,
Disant : « Aimez-moi, je suis la liberté ! »

O patrie absente ! ô fécondes campagnes,
Où vinrent s'asseoir les ferventes Espagnes !

Antiques noyers, vrais maîtres de ces lieux,
Qui versez tant d'ombre où dorment nos aïeux !

Échos tout vibrants de la voix de mon père
Qui chantait pour tous : « Espère ! espère ! espère ! »

Ce chant apporté par des soldats pieux,
Ardents à planter tant de croix sous nos cieux,

Tant de hauts clochers remplis d'airain sonore,
Dont les carillons les rappellent encore :

Je vous enverrai ma vive et blonde enfant,
Qui rit quand elle a ses longs cheveux au vent.

Parmi les enfants nés à votre mamelle,
Vous n'en avez pas qui soit si charmant qu'elle !

Un vieillard a dit, en regardant ses yeux :
« Il faut que sa mère ait vu ce rêve aux cieux! »

En la soulevant par ses blanches aisselles,
J'ai cru bien souvent que j'y sentais des ailes !

Ce fruit de mon âme, à cultiver si doux,
S'il faut le céder, ce ne sera qu'à vous !

Du lait qui vous vient d'une source divine,
Gonflez le cœur pur de cette frêle Ondine.

Le lait jaillissant d'un sol vierge et fleuri
Lui paîra le mien qui fut triste et tari.

Pour voiler son front qu'une flamme environne,
Ouvrez vos bluets en signe de couronne :

Des pieds si petits n'écrasent pas les fleurs,
Et son innocence a toutes leurs couleurs.

Un soir, près de l'eau, des femmes l'ont bénie,
Et mon cœur profond soupira d'harmonie.

Dans ce cœur penché vers son jeune avenir
Votre nom tinta prophète souvenir,

Et j'ai répondu de ma voix toute pleine
Au souffle embaumé de votre errante haleine.

Vers vos nids chantant laissez-la donc aller;
L'enfant sait déjà qu'ils naissent pour voler.

Déjà son esprit, prenant goût au silence,
Monte où, sans appui, l'alouette s'élance,

Et s'isole, et nage au fond du lac d'azur,
Et puis redescend le gosier plein d'air pur.

Que de l'oiseau gris l'hymne haute et pieuse
Rende à tout jamais son âme harmonieuse !...

Que vos ruisseaux clairs, dont les bruits m'ont parlé,
Humectent sa voix d'un long rhythme perlé !...

Avant de gagner sa couche de fougère,
Laissez-la courir curieuse et légère,

Au bois où la lune épanche ses lueurs
Dans l'arbre qui tremble inondé de ses pleurs,

Afin qu'en dormant sous vos images vertes
Ses grâces d'enfant en soient toutes couvertes.

Des rideaux mouvants la chaste profondeur
Maintiendra l'air pur alentour de son cœur,

Et, s'il n'est plus là pour jouer avec elle
De jeune Albertine à sa trace fidèle,

Vis-à-vis les fleurs qu'un rien fait tressaillir,
Elle ira danser sans jamais les cueillir,

Croyant que les fleurs ont aussi leurs familles,
Et savent pleurer comme les jeunes filles.

Sans piquer son front, vos abeilles, là-bas,
L'instruiront, rêveuse, à mesurer ses pas;

Car l'insecte armé d'une sourde cymbale
Donne à la pensée une césure égale.

Ainsi s'en ira, calme, libre et content,
Ce filet d'eau vive au bonheur qui l'attend;

Et d'un chêne creux la Madone oubliée
La regardera dans l'herbe agenouillée.

Quand je la berçais, doux poids de mes genoux !
Mon chant, mes baisers, tout lui parlait de vous,

O champs paternels, hérissés de charmilles,
Où montent, le soir, des flots de jeunes filles,

Que ma fille monte à vos flancs ronds et verts,
Et soyez béni, doux point de l'univers !

LA MÈRE QUI PLEURE

J'ai presque perdu la vue
A suivre le jeune oiseau
Qui, du sommet d'un roseau,
S'est élancé vers la nue.

S'il ne doit plus revenir,
Pourquoi m'en ressouvenir?

Bouquet vivant d'étincelles,
Il descendit du soleil,
Éblouissant mon réveil
Au battement de ses ailes.

S'il ne doit plus revenir,
Pourquoi m'en ressouvenir?

Prompt comme un ramier sauvage,
Après l'hymne du bonheur
Il s'envola de mon cœur,
Tant il craignait l'esclavage !

S'il ne doit plus revenir,
Pourquoi m'en ressouvenir ?

De tendresse et de mystère
Dès qu'il eut rempli ces lieux,
Il emporta vers les cieux
Tout mon espoir de la terre !

S'il ne doit plus revenir,
Pourquoi m'en ressouvenir ?

Son chant, que ma voix prolonge,
Plane encor sur ma raison,
Et dans ma triste maison,
Je n'entends chanter qu'un songe.

S'il ne doit plus revenir,
Pourquoi m'en ressouvenir ?

Le jour ne peut redescendre
Dans l'ombre où son vol a lui,
Et pour monter jusqu'à lui,
Mes ailes ont trop de cendre.

S'il ne doit plus revenir,
Pourquoi m'en ressouvenir ?

Comme l'air, qui va si vite,
Sois libre, ô mon jeune oiseau !
Mais que devient le roseau
Quand son doux chanteur le quitte ?

S'il ne doit plus revenir,
Pourquoi m'en ressouvenir ?

A UNE MÈRE QUI PLEURE AUSSI

Qui sait si votre enfant qui flotte dans vos larmes,
Dont votre cœur profond nourrit les jeunes charmes
(Seul cœur qui de l'oubli le sauve et le défend),
N'a pas, au seuil de Dieu, rencontré mon enfant?

Qui sait si leurs mains d'ange, un moment réunies,
N'ont pas pesé là-haut nos peines infinies,
Et, pleurant de l'amour qu'on leur garde en ce lieu,
N'ont pas compté nos pleurs pour les offrir à Dieu?

Qui sait? Je sais au moins qu'en vous voyant, madame,
Une tendre nouvelle a rafraîchi mon âme,
Comme si mon enfant, puissante avec douceur,
A mon deuil éternel amenait une sœur.

Si c'est sa volonté, qu'elle soit accomplie !

Rien ne relèvera notre destin qui plie.

Mais, dans le deuil d'amour qui vient de nous lier,

Apprenons qu'il est doux de ne pas oublier !

ELLE ALLAIT S'EMBARQUER ENCORE

Où vas-tu, fille chérie ?
Quelle nouvelle patrie,
Entre la terre et les cieux,
Loin de mon aile qui casse,
Offre à ton vol tant d'espace
Qu'il te dérobe à mes yeux?

Prends garde, jeune adorée,
Qui de ma vie ulcérée
Otes la plus chère fleur !
Prends garde que ton courage
Ne te soit dans un autre âge
Payé par une douleur!

Car ton courage a des armes
Puissantes contre mes larmes,
Qui ne peuvent te parler;
Mais les larmes d'une mère
Suivent d'une trace amère
L'enfant qui les fait couler.

O jeune âme, ô jeune fille!
Qu'attire une autre famille,
Mon souvenir t'y suivra.   ·
Elle t'offre l'abondance,
L'éclat et l'indépendance,
Mais l'amour y manquera.

L'amour, ce ciment des âmes,
Ce pur anneau de deux flammes
Qui flottent contre le vent,
Loin que l'absence l'altère,
Là-bàs où finit la terre,
Rejoint la mère et l'enfant.

QUAND JE PENSE A MA MÈRE

Ma mère est dans les cieux, les pauvres l'ont bénie :
Ma mère était partout la grâce et l'harmonie.

Jusque sur ses pieds blancs sa chevelure d'or
Ruisselait comme l'eau, Dieu! j'en tressaille encor!

Et quand on disait d'elle : « Allons voir la madone, »
Un orgueil m'enlevait, que le ciel me pardonne!

Ce tendre orgueil d'enfant, ciel! pardonnez-le-nous :
L'enfant était si bien dans ses chastes genoux!

C'est là que j'ai puisé la foi passionnée
Dont sa famille errante est toute sillonnée.

Mais jamais ma jeune âme en regardant ses yeux,
Ses doux yeux, même en pleurs, n'ont pu croire qu'aux cieux ;

Et quand je rêve d'elle avec sa voix sonore,
C'est au-dessus de nous que je l'entends encore.

Oui, vainement ma mère avait peur de l'enfer,
Ses doux yeux, ses yeux bleus n'étaient qu'un ciel ouvert.

Oui, Rubens eût choisi sa beauté savoureuse
Pour montrer aux mortels la vierge bienheureuse.

Sa belle ombre qui passe à travers tous mes jours,
Lorsque je vais tomber, me relève toujours.

Toujours entre le monde et ma tristesse amère,
Pour m'aider à monter, je vois monter ma mère.

Ah ! l'on ne revient pas de quelque horrible lieu
Et si tendre et si mère et si semblable à Dieu !

On ne vient que d'en haut si prompte et si charmante
Apaiser son enfant dont l'âme se lamente.

Et je voudrais lui rendre aussi l'enfant vermeil
La suivant au jardin sous l'ombre et le soleil,

Ou, couchée à ses pieds, sage petite fille,
La regardant filer pour l'heureuse famille ;

Je voudrais, tout un jour, oubliant nos malheurs,
La contempler vivante au milieu de ses fleurs !

Je voudrais, dans sa main qui travaille et qui donne,
Pour ce pauvre qui passe aller puiser l'aumône.

Non, Seigneur, sa beauté, si touchante ici-bas,
De votre paradis vous ne l'exilez pas !

Ce soutien des petits, cette grâce fervente
Pour guider ses enfants si forte, si savante,

Vous l'avez rappelée où vos meilleurs enfants
Respirent à jamais de nos jours étouffants ;

Mais moi je la voulais, pour une longue vie,
Avec nous et par nous honorée et servie

Comme un astre éternel qui luit sans s'égarer,
Que des astres naissants suivent pour s'éclairer.

Je voulais jour par jour, adorante et naïve,
Vous contempler, Seigneur, dans cette clarté vive...

Elle a passé! Depuis, mon sort tremble toujours,
Et je n'ai plus de mère où s'attachent mes jours.

JOURS D'ÉTÉ

A MA SŒUR CÉCILE

Ma sœur m'aimait en mère : elle m'apprit à lire ;
Ce qu'elle y mit d'ardeur ne saurait se décrire.
Mais l'enfant ne sait pas qu'apprendre c'est courir,
Et qu'on lui donne, assis, le monde à parcourir :
Voir, voir ! l'enfant veut voir ! Les doux bruits de la rue,
Albertine, charmante, à la vitre apparue,
Élevant ses bouquets, ses volants ; et là-bas,
Les jeux qui m'attendaient et ne commençaient pas :
Oh ! le livre avait tort ! Tous les livres du monde
Ne valaient pas un chant de la lointaine ronde
Où mon âme, sans moi, tournait de main en main
Quand ma sœur avait dit : « Tu danseras demain. »

Demain, c'était jamais ! Ma jeune providence,
Nouant d'un fil prudent les ailes de la danse,
Me répétait en vain toute grave et tout bas :
« Vois donc : je suis heureuse et je ne danse pas. »

J'aimais tant les anges
Glissant au soleil;
Ce flot sans mélanges
D'amour sans pareil;
Étude vivante
D'avenir en fleur;
École savante,
Savante au bonheur !

Pour regarder de près ces aurores nouvelles,
Mes six ans curieux battaient toutes leurs ailes;
Marchant sur l'alphabet rangé sur mes genoux,
La mouche en bourdonnant me disait : « Venez-vous ? »
Et mon nom qui tintait dans l'air ardent de joie,
Les pigeons, sans liens sous leurs robes de soie,
Mollement envolés de maison en maison,
Dont le fluide essor entraînait ma raison,
Les arbres, hors des murs, poussant leurs têtes vertes,

Jusqu'au fond des jardins les demeures ouvertes,
Le rire de l'été sonnant de toutes parts,
Et le congé, sans livre, errant aux vieux remparts :
Tout combattait ma sœur à l'aiguille attachée ,
Tout passait en chantant sur ma tête penchée ;
Tout m'enlevait, boudeuse et riante à la fois ;
Et l'alphabet toujours s'endormait dans ma voix.

Oh ! l'enfance est poëte ! assise et turbulente
Elle reconnaît tout empreint de plus haut lieu :
L'oiseau qui jette au loin sa musique volante
          Lui jette une lettre de Dieu.

Esprit qui passe, ouvrant son aile souple et forte
Au souffle impérieux qui l'enivre et l'emporte,
D'où vient qu'à ton beau rêve où se miraient les cieux
Je sens fondre une larme en un coin de mes yeux ?
C'est qu'aux flots de lait pur que me versait ma mère
Ne se mêlait alors pas une goutte amère ;
C'est qu'on baisait l'enfant qui criait : « Tout pour moi ! »
C'est qu'on lui répondait encore : « Oui, tout pour toi !
Veux-tu le monde aussi ? tu l'auras, ma jeune âme. »
Hélas ! qu'avons-nous eu ? belle Espérance ! ô femme !
O toi qui m'as trompée avec tes blonds cheveux,

Tes chants de rossignols et les placides jeux !

Ma sœur, ces jours d'été nous les courions ensemble !
Je reprends sous leurs flots ta douce main qui tremble ;
Je t'aime du bonheur que tu tenais de moi ;
Et mes soleils d'alors se rallument sur toi !
Mais j'épelais enfin : l'esprit et sa lumière
Éclairaient par degrés la page, la première
D'un beau livre terni sous mes doigts, sous mes pleurs,
Où la Bible aux enfants ouvre toutes ses fleurs ;
Pourtant c'est par le cœur, cette bible vivante,
Que je compris bientôt qu'on me faisait savante :
Dieu ! le jour n'entre-t-il dans notre entendement
Que trempé pour jamais d'un triste sentiment ?

Un frêle enfant manquait aux genoux de sa mère :
Il s'était comme enfui par une bise amère,
Et, disparu du rang de ses petits amis,
Au berceau blanc, le soir, il ne fut pas remis.
Ce vague souvenir, sur ma jeune pensée,
Avait duré deux ans et puis m'avait laissée ;
Je ne comprenais plus pourquoi, pâle de pleurs,
Ma mère, vers l'église, allait avec ces fleurs.

L'église, en ce temps-là, des vertes sépultures
Se composait encor de sévères ceintures,
Et, versant sur les morts ses longs hymnes fervents,
Au rendez-vous de tous appelait les vivants.
C'était beau d'enfermer dans une même enceinte
La poussière animée et la poussière éteinte ;
C'était doux, dans les fleurs éparses au saint lieu,
De respirer son père en visitant son Dieu !

J'y pense, un jour de tiède et pâle automne,
Après le mois qui consume et qui tonne,
Près de ma sœur et ma main dans sa main,
De Notre-Dame ayant pris le chemin
Tout sinueux, planté de croix fleuries,
Où se mouraient des couronnes flétries,
Je regardais avec saisissement
Ce que ma sœur saluait tristement :
La lune large avant la nuit levée,
Comme une lampe au calvaire trouvée,
D'un reflet rouge enluminait les croix,
L'église blanche et tous ces lits étroits ;
Puis, dans les coins, le chardon solitaire
Éparpillait ses flocons sur la terre.

Sans deviner ce que c'est que mourir,
Devant la mort je n'osai plus courir.
Un ruban gris qui serpentait dans l'herbe,
De résédas nouant l'humide gerbe,
Tira mon âme au tertre le plus vert,
Sous la Madone au flanc sept fois ouvert :
Là, j'épelai notre nom de famille,
Et je pâlis, faible petite fille ;
Puis mot à mot : « Notre dernier venu
Est passé là vers le monde inconnu ! »

Cette leçon, aux pieds de Notre-Dame,
Mouilla mes yeux et dessilla mon âme :
Je savais lire ! et j'appris sous ces fleurs
Ce qu'une mère aime avec tant de pleurs.
Je savais lire... et je pleurai moi-même ;
Merci, ma sœur : on pleure dès qu'on aime.
Si jeune donc que soit le souvenir
C'est par un deuil qu'il faut y revenir.

Mais que j'aime à t'aimer, sœur charmante et sévère
Qui reçus pour nous deux l'instinct qui persévère,
Rayon droit du devoir, humble, ardent et caché,

Sur mon aveugle vie à toute heure attaché ;
Oh ! si Dieu m'aime encore, oh ! si Dieu me remporte,
Comme un rêve flottant, sur le seuil de ta porte,
Devant mes traits changés si tu fermes tes bras,
Je saisirai ta main... tu me reconnaîtras !

UN ENFANT A SON FRÈRE

Qui délia ma langue aux sons de la prière ?
Qui battait la mesure à mes douces chansons ?
Sur mon livre muet qui versa la lumière ?
C'est ma mère ! Une mère ouvre notre paupière ;
Au fond de ses baisers, moi, j'appris mes leçons.

Qui soutenait ma tête et retenait ma vie,
Quand mon berceau brûlait de mes fièvres d'enfant ?
Qui promettait le monde à ma rêveuse envie ?
C'est ma mère ! Ma mère était toujours suivie
D'un ange à la main pleine, au long vol triomphant !

Si tu veux, nous irons où l'on trouve des roses,
Pour jeter un bonheur à chacun de ses jours.

Nous irons dans un bois plein de fleurs, si tu l'oses,
Et nous lui chercherons tant, tant de belles choses,
Qu'à force d'être heureuse, elle vivra toujours.

LE BAPTÊME D'UN PRINCE

A NOTRE-DAME

Mon Dieu, que c'est beau le baptême
    D'un roi futur !
Qu'il soit léger le diadème
    A ce front pur !
Et vous, dormez, ma plus jeune âme,
    Seule avec moi ;
Au doux cantique d'une femme
    Puisez la foi.
L'Angelus sonne à Notre-Dame :
Dormez en roi, mon petit roi !

Je suis votre nourrice blanche,
    Riche de lait ;
Ma prière limpide et franche

Coule et vous plaît.
Ainsi rêvez, ma plus jeune âme,
Libre avec moi ;
Au doux cantique d'une femme
Puisez la foi.
Un roi s'éveille à Notre-Dame :
Dormez en roi, mon petit roi !

Je suis l'ombre aimante attachée
A votre jour ;
La dernière étoile couchée
Dans votre amour.
Bercez-vous donc, ma plus jeune âme,
Seule avec moi ;
Au doux cantique d'une femme
Puisez la foi.
Un roi se fait à Notre-Dame :
Dormez en roi, mon petit roi.

Je suis la tendresse visible
Du Créateur
Élevant un ange paisible
A son auteur.

Et vous êtes, ma plus jeune âme,
    Libre avec moi ;
Au doux cantique d'une femme
    Puisant la foi.
Un roi s'inscrit à Notre-Dame :
Dormez en roi, mon petit roi !

UNE RUELLE DE FLANDRE

A MADAME DESLOGE, NÉE LEURS

Dans l'enclos d'un jardin gardé par l'innocence,
J'ai vu naître vos fleurs avant votre naissance ;
Beau jardin, si rempli d'œillets et de lilas
Que de le regarder on n'était jamais las.

En me haussant au mur dans les bras de mon frère,
Que de fois j'ai passé mes bras par la barrière
Pour atteindre un rameau de ces calmes séjours
Qui, souple, s'avançait et s'enfuyait toujours !
Que de fois, suspendus aux frêles palissades,
Nous avons savouré leurs molles embrassades,
Quand nous allions chercher pour le repas du soir
Notre lait à la cense, et longtemps nous asseoir

Sous ces rideaux mouvants qui bordaient la ruelle !
Hélas ! qu'aux plaisirs purs la mémoire est fidèle !
Errant dans les parfums de tous ces arbres verts,
Plongeant nos fronts hardis sous leurs flancs entr'ouverts,
Nous faisions les doux yeux aux roses embaumées
Qui nous le rendaient bien, contentes d'être aimées !

Nos longs chuchotements entendus sans nous voir,
Nos rires étouffés pleins d'audace et d'espoir,
Attirèrent un jour le père de famille,
Dont l'aspect, tout d'un coup, surmonta la charmille,
Tandis qu'un tronc noueux, me barrant le chemin,
M'arrêta par la manche et fit saigner ma main.

Votre père eut pitié... C'était bien votre père !
On l'eût pris pour un roi dans la saison prospère.
Et nous ne partions pas à sa voix en courroux :
Il nous chassait en vain, l'accent était si doux !
En écoutant souffler nos rapides haleines,
En voyant nos yeux clairs comme l'eau des fontaines,
Il nous jeta des fleurs pour hâter notre essor ;
Et nous d'oser crier : « Nous reviendrons encor ! »

Quand on lavait du seuil la pierre large et lisse
Où dans nos jeux flamands l'osselet roule et glisse,
En rond silencieux, penchés sur leurs genoux,
D'autres enfants jouaient enhardis comme nous.
Puis, poussant à la fois leurs grands cris de cigales,
Ils jetaient pour adieu des clameurs sans égales,
Si bien qu'apparaissant tout rouges de courroux,
De vieux fâchés criaient : « Serpents! vous tairez-vous? »
Quelle peur !... Jamais plus n'irai-je à cette porte
Où je ne sais quel vent par force me remporte?
Quoi donc! quoi, plus jamais ne voudra-t-il de moi
Ce pays qui m'appelle et qui s'enfuit?... Pourquoi?

Alors les blonds essaims de jeunes Albertines
Qui hantent dans l'été nos fermes citadines
Venaient tourner leur danse et cadencer leurs pas
Devant le beau jardin qui ne se fermait pas.
C'était la seule porte incessamment ouverte,
Inondant le pavé d'ombre ou de clarté verte,
Selon que du soleil les rayons ruisselants
Passaient ou s'arrêtaient aux feuillages tremblants.
On eût dit qu'invisible, une indulgente fée
Dilatait d'un soupir la ruelle étouffée,

Quand les autres jardins, enfermés de hauts murs,
Gardaient sous les verroux leur ombre et leurs fruits mûrs.
Tant pis pour le passant ! à moins qu'en cette allée,
Élevant vers le ciel sa tête échevelée,
Quelque arbre, de l'enclos habitant curieux,
Ne franchît son rempart d'un front libre et joyeux.

On ne saura jamais les milliers d'hirondelles
Revenant sous nos toits chercher à tire d'ailes
Les coins, les nids, les fleurs et le feu de l'été,
Apportant en échange un goût de liberté.
Entendra qui pourra sans songer aux voyages
Ce qui faisait frémir nos ailes sans plumages,
Ces fanfares dans l'air, ces rendez-vous épars
Qui s'appelaient au loin : « Venez-vous ? Moi, je pars ! »

C'est là que votre vie ayant été semée,
Vous alliez apparaître et charmante et charmée ;
C'est là que préparée à d'innocents liens,
J'accourais... Regardez comme je m'en souviens !

Et les petits voisins amoureux d'ombre fraîche
N'eurent pas sitôt vu, comme au fond d'une crèche,

Un enfant rose et nu plus beau qu'un autre enfant,
Qu'ils se dirent entre eux : « Est-ce un Jésus vivant ? »

C'était vous ! D'aucuns nœuds vos mains n'étaient liées ;
Vos petits pieds dormaient sur les branches pliées ;
Toute libre dans l'air où coulait le soleil,
Un rameau sous le ciel berçait votre sommeil ;
Puis le soir on voyait d'une femme étoilée
L'abondante mamelle à vos lèvres collée,
Et partout se lisait dans ce tableau charmant
De vos jours couronnés le doux pressentiment:

De parfums, d'air sonore incessamment baisée,
Comment n'auriez-vous pas été poétisée ?
Que l'on s'étonne donc de votre amour des fleurs !
Vos moindres souvenirs nagent dans leurs couleurs.
Vous en viviez, c'était vos rimes et vos proses :
Nul enfant n'a jamais marché sur tant de roses!

Mon Dieu! s'il n'en doit plus poindre au bord de mes jours,
Que sur ma sœur de Flandre il en pleuve toujours!

LE PUITS DE NOTRE-DAME A DOUAI

Vieux puits emmantelé de mousse et de gazons,
Flot caché qui lavais le rang de nos maisons,
Centre d'égalité pour tout le voisinage,
Innocent cabaret du vieux et du jeune âge,
Par le riche et le pauvre envahi chaques jours,
Je te salue, ô toi qui te donnes toujours !

Dieu n'aura pas permis que l'on séchât ta source,
Et les enfants nouveaux y dirigent leur course,
Et les femmes encore y vont entretenir
Leurs bonheurs d'autrefois qui font mon souvenir.

Car au soleil couchant, du fond de leurs familles,
Glissaient au rendez-vous les plus petites filles,

Pareilles aux ramiers que l'on se plaît à voir
S'abattre et s'étaler au bord d'un abreuvoir,
Dans le gravier qui brille imbiber leur plumage,
Et roucouler entre eux leur bonheur sans nuage.

De même, retenant les cris clairs et charmants,
On se reconnaissait par des chuchotements,
— J'en étais ! — soulevant jusqu'au flot sédentaire
Tous nos fronts ravivés de moiteur salutaire ;
Et là se ranimaient les agneaux languissants
Trop serrés tout le jour dans nos bras caressants.

Quel calme ! quel espace ! et quel mouvant silence !
Ne songeant plus si l'heure au clocher se balance,
Ni si, dans l'univers, d'autres enfants bénis
Sont rentrés au bercail et les ramiers aux nids.
Un liseur de légende ayant vu parmi l'ombre
Nos blonds essaims tourner alentour de l'eau sombre,
En eût fait des ondins à demi-réveillés,
Dansant la bouche close et les cheveux mouillés.

Et quand vient me chercher le rêve aux longues ailes
Vers ces enfants... depuis changés en demoiselles,

Je descends haletante à ses chastes lueurs,

Mais plusieurs sont absents et leurs noms sous des ?urs.

Je ne retrouve plus Albertine envolée,

Ni mes sœurs toutes trois dans une autre vallée.

Je sais qu'elles sont bien, mais le rêve éperdu

Me ramène plus triste. Il ne m'a rien rendu.

Que dis-je ? Il m'a donné de replonger mon âme

Dans cette eau jaillissante aux pieds de Notre-Dame,

Et d'aller librement, humblement me rasseoir

Sur les bancs consacrés aux prières du soir.

Beau rêve ! Il m'a permis de reposer ma tête,

Non comme l'hôte heureux et comblé de la fête,

Mais comme le banni fatigué de gémir

Cherchant de l'ombre à part afin d'oser dormir.

ENVOYÉ A LA BIEN-AIMÉE

QUI AVAIT VOULU VOIR LE PAYS DE SA MÈRE

Toi, ne passe jamais à l'angle de la rue

Où notre église encor n'est pas tout apparue

Sans t'arrêter au bruit qui filtre sous tes pas,

Pour écouter un peu ce qu'il chante tout bas.

Il chante le passé, car il a vu nos pères ;

13

Il a la même voix que dans les temps prospères.

Livre tes longs cheveux au ruisselant miroir,

Et regarde longtemps ce que j'y voudrais voir :

Ton visage étoilé dans les cercles humides

Parsemant leurs clartés de sourires limpides,

Et les multipliant au fond du puits songeur

Pour y porter le jour comme ils font dans mon cœur !

Alors qu'il soit béni le salubre nuage

Ayant de tous les tiens miré l'errante image !

Monte sur la margelle et bois à ton plein gré

Son haleine qui manque à mon sang altéré.

LA VIERGE ET LE SERPENT

LÉGENDE

Doux favori de la nature,
Laissé seul au fond d'un berceau,
Abrité sous le frêle arceau,
Dort une jeune créature.

L'enfant n'avait auprès de lui
Qu'un chien pour garde et pour appui.

Sa pauvre mère est en allée
Lui chercher du pain et des fleurs ;
Mais sous la vierge aux sept douleurs
Elle passe prompte et troublée,

Car son enfant n'a près de lui
Qu'un chien pour garde et pour appui.

Le serpent qui veille à toute heure
S'avance vers l'ange endormi ;
Au souffle de son ennemi
L'innocent se réveille et pleure,

Car il ne voit plus près de lui
Qu'un chien pour garde et pour appui.

Mais la vierge, à tous invisible,
Le prenant pour son jeune ami,
En le rendormant à demi,
L'isole en un rêve paisible,

Comme ayant assez près de lui
D'un chien pour garde et pour appui.

Quand l'autre mère épouvantée
Releva son jeune trésor,
L'enfant sauvé dormait encor
Sur une crèche ensanglantée,

Dieu ! s'il n'avait eu près de lui
Qu'un chien pour garde et pour appui !

L'IDIOT

A MADAME PAULINE DUCHAMBGE.

Avec l'aube toujours ta plainte me réveille,
André ! toujours ton nom tourmente mon oreille ;
Car, toujours sans pitié, persécuteurs enfants,
Vous brisez son sommeil par vos cris triomphants.

Il dormait. De la nuit la fraîcheur salutaire
Peut-être dans son sein versait un songe heureux :
Quel autre bien attend l'orphelin solitaire ?
        Son réveil est si douloureux !
Dans le sommeil, du moins, l'oubli vient, le sort change ;
Là, couché sur la terre où le soleil a lui,
        Qui sait s'il ne voit pas un ange
        Sourire ou pleurer avec lui !

Pourquoi faire envoler son erreur décevante ?
Regardez, inhumains, cet être languissant,
Comme un chevreuil blessé que la meute épouvante,
Essayer, pour vous fuir, un effort impuissant.

Eh ! que vous a-t-il fait ? laissez passer sa vie
Sous le nuage triste où Dieu l'enveloppa ;
Il n'a plus sa raison que le malheur frappa.
Mais votre voix est dure, et tout ce qu'il envie
C'est l'indulgent silence ; il parle au malheureux,
Il assoupit l'éclat de vos rires affreux.
Quand vous l'avez blessé de vos cruelles armes,
André frappe son cœur où s'amassent ses larmes :
L'homme pour tous ses jours en apporte en naissant ;
C'est le calice amer où son orgueil s'abreuve :
Bientôt, jeunes railleurs, vous en ferez l'épreuve,
Et le plus gai de vous s'en ira gémissant !
Vos teints de fleurs, vos jeux, votre éclatante joie,
Votre âge audacieux qui croit régner toujours,
Du temps qui raille aussi seront bientôt la proie :
　　　Vous serez vieux dans quelques jours.
　　　Des vieillards assis sur les places,
　　　A l'ombre des ormeaux vivaces,

Qu'ils y plantèrent autrefois,
Vous aurez la langueur et les débiles voix ;
La vie, à vos regards, retirera ses flammes,
Vous croirez que l'oiseau vous refuse son chant ;
Quelque chose d'amer coulera dans vos âmes,
    Car vous direz : « Je fus méchant ! »

Dieu plaindra du roseau le naufrage rapide,
Qui fait en tournoyant rire les matelots.
« Qu'eût-il vu, disent-ils, dans son destin timide ?
Il eût bordé la rive et caressé les flots. »

Triste un jour comme André, je suivis sa détresse ;
Loin de la ville heureuse elle nous égara.
L'église du coteau fit rêver sa tristesse ;
Il salua l'église, et puis il soupira.
Chancelant et courbé sur son appui de frêne,
Il s'arrêtait pensif, il cueillait une fleur ;
Et du jeune idiot la mousse et le troëne
    Couronnaient la pâleur.

Le vent qui passe et courbe la verdure
Etonnait son oreille ; il cherchait ce murmure,

Et comptait sur ses doigts le brisement égal
De l'eau dans les cailloux épurant son cristal.
Le jeu d'un papillon qui planait sur sa tête
    . Le fit rire et tourner longtemps;
Il agitait ses mains avec un air de fête,
Et puis il oublia l'envoyé du printemps :
Il dansa. Pauvre André! la lointaine musette
Lui disait que la danse avait frappé ses yeux;
La mémoire entendait, mais l'âme était muette:
    Le danseur n'était point joyeux.

Sa faiblesse inclinée au bord de la fontaine
    Y suspendit mes pas;
Seul, à quelque ombre aimée il racontait sa peine,
    Car il chantait tout bas.
« Peut-être, me disais-je, heureux sous sa couronne
Plus légère à son front que le bandeau d'un roi,
Il rend grâce à l'air libre et pur qui l'environne,
A l'image d'un homme il sourit sans effroi. »
Tout à coup de ses fleurs la parure éphémère
D'un souvenir aigu sembla le déchirer;
Il étendit ses bras en s'écriant : « Ma mère! »
Et plus faible et plus pâle il s'assit pour pleurer.

Dans le ruisseau longtemps je vis tomber ses larmes;
A leur chute rapide André trouvait des charmes
Et curieusement les regardait couler.
La pitié m'oppressait; je ne pouvais parler.

« André! lui dis-je enfin, retourne vers la ville;
Ne crains-tu pas la nuit passée hors des remparts?
Vois-tu les habitants rentrer de toutes parts!
Va! pauvre agneau perdu, cherche au moins un asile. »
Alors, sans me répondre, il reprit son chemin,
Il était sous ma porte assis le lendemain.

D'un air doux et stupide il m'offrit une feuille
De la guirlande encor pendante sur son front.
Ah! le présent du pauvre est digne qu'on l'accueille :
Dieu veut qu'il soit sauvé d'un douloureux affront;
Et j'offris à mon tour l'espoir de l'infortune,
Ce métal où le riche attache le bonheur.
      L'enfant mit la main sur son cœur,
En détournant les yeux de l'offrande importune.

« André, pardonne-moi! » lui dis-je. Il me sourit.
Que ce touchant effort renfermait d'amertume!

13.

Quand de pleurer toujours nos yeux ont la coutume,
Dans leur sourire encor le malheur est écrit.
Et moi : « Veux-tu venir ? veux-tu changer ta vie,
    Enfant, veux-tu voyager avec nous ?
Tu verras d'autres cieux : va ! tous les cieux sont doux ;
Ils cachent tant d'espoir ! Les fleurs te font envie :
Viens ; partout la rosée y répand sa fraîcheur.
Tu ne dormiras plus sur une pierre humide ;
Et comme à des ramiers le passereau timide
Se donne, tu suivras notre essaim voyageur :
Veux-tu ? » Ses yeux erraient ; j'y vis paraître une âme :
Tout son être mourant soudain se ralluma.
    Vous allez juger quelle flamme
    Dans ce cœur éteint s'alluma.
    Un signe prompt m'attire sur sa trace ;
Il monte vers l'église, il a franchi l'enclos
    Où d'humbles croix, d'humbles fleurs, tout retrace
    D'objets aimés l'invisible repos.
    Sur une tombe, à genoux, hors d'haleine,
    André s'étend, l'enferme dans ses bras ;
Puis, avec un accent que l'on devine à peine,
Il se lève, en criant : « Ma mère ! tu viendras ! »
    Mais, épuisé par cet élan terrible,

Cachant ses yeux dans l'herbe du tombeau,
André s'endort comme un enfant paisible
Qu'a réveillé quelque importun flambeau.

Vous que je ne hais plus, car vos yeux sont humides,
Des pleurs d'un insensé vous voilà moins avides.
Oui, croyez-moi, le cœur survit à la raison;
C'est là que se retire un reste de lumière
        Qui doit échapper à la terre.
Toujours d'un dard moqueur on y sent le poison!

O mes jeunes amis, prenez bien sa défense!
Nés sur le même sol, charmez sa longue enfance;
Sous vos toits généreux qu'il entre quelquefois.
Enfants, ne raillez plus ses naïves chimères,
Éveillez sur son sort la pitié de vos mères;
Et, quand je serai loin, rappelez-lui ma voix,
Cette voix triste et douce à l'indigent timide :
Le pauvre aime l'accent ému de sa douleur.
Vous-mêmes, écoutez-la; souvent un humble guide
Peut en nous éclairant nous conduire au bonheur.

Qui ne veut le bonheur? l'homme, dès qu'il respire,
Le demande au breuvage à ses lèvres promis;

Plus tard il le demande à des songes amis ;
Hélas ! il le demande encor quand il expire !

André l'attend aussi, comme un frêle arbrisseau
     Jeté sur un terrain aride,
     Sous l'ardent soleil qui le ride,
     Attend la fraîcheur du ruisseau.
     Sa jeunesse se fane et tombe
     Sans éclat, sans séve, sans fruit,
     Et, loin du monde et loin du bruit,
     André l'attend sur une tombe !

LE VIEUX CRIEUR DU RHONE

On avait couronné la vierge moissonneuse,
Le village à la ville était joint par des fleurs,
La jeunesse et l'enfance y mêlaient leurs couleurs,
Et le vieillard riait d'une vendange heureuse.

     Tout à coup le plaisir cessa
Comme le feu follet qui s'éteint dès qu'il brille ;
     Et dans l'ombre un long cri glaça
     Jusqu'au chant de la jeune fille :
« Rendez, rendez l'enfant dans la foule égaré ;
Pour l'appeler encor sa mère a tant pleuré !

« Elle n'a plus de voix pour sa douleur amère,
Sa clameur s'est changée en un silence affreux.
L'enfant ne dira pas qu'il est bien malheureux :

Il ne prononce encor que le nom de sa mère.

    Quoi! pas une voix ne répond!

Ne l'avez-vous pas vu jouer sur le rivage?

    Hélas! le Rhône est si profond,

    Et l'on est si faible à cet âge!

Rendez, rendez l'enfant dans la foule égaré;

Pour l'appeler encor sa mère a tant pleuré!

« Ses cheveux du blé mûr ont la couleur dorée,

Ses yeux sont noirs et doux, ses dents croissent encor,

Ses pas abandonnés n'ont qu'un craintif essor,

Et de bluets tantôt sa robe était parée.

    Vous pourrez le rencontrer nu,

Car souvent la misère a dépouillé l'enfance :

    Vous l'aurez bientôt reconnu

    L'ange qui pleure sans défense.

Rendez, rendez l'enfant dans la foule égaré;

Pour l'appeler encor sa mère a tant pleuré! »

Le vieux crieur se tut. De la morne assemblée

Il attendit longtemps un mot, un seul... en vain;

Les mères enchaînaient leurs enfants sur leur sein,

Et de vagues frayeurs cette nuit fut troublée.

On dit qu'un mendiant passa,
Couvert d'affreux lambeaux, à la marche furtive,
    Et qu'un jeune cri s'élança
    Dans l'air avec la voix plaintive :
« Rendez, rendez l'enfant dans la foule égaré;
Pour l'appeler encor sa mère a tant pleuré ! »

LA SUITE DU VIEUX CRIEUR DU RHONE

Ce n'était plus quand l'été se couronne
De rayons d'or, de pampres et de fleurs;
C'était au temps où l'hiver s'environne
De longues nuits et de mornes couleurs.
Ce n'était plus quand la voix lamentable
Cria partout l'enfant sans l'obtenir;
Mais aux mères toujours ce triste souvenir
Apparaissait lugubre et redoutable.

Celle que l'on crut morte en ses cris superflus,
Qu'on emporta le soir, de larmes épuisée,
Elle vit; mais, semblable à sa plainte brisée,
Sa mémoire au malheur ne se réveille plus;
La moisson, le rivage et le Rhône rapide,

Dans ses esprits confus ne viennent plus s'offrir.

Ainsi se trouble une eau limpide,
Dont la source va se tarir.

Ses yeux sans s'étonner ont revu sa demeure,

Où la foule a suivi ses pas ;
On l'entoure, on frémit, on pleure :
Elle seule ne pleure pas.
Dieu la bénit d'un long délire :
Son fils est là, dit-elle... il dort !
Elle a rapporté son sourire
A son fils que l'on cherche encor.

Balançant un berceau, dans ses nuits rigoureuses,
Seule, elle dit encor : « Les mères sont heureuses ! »
Seule, elle ne sait plus son malheur si récent ;
Calme, elle n'offre à Dieu qu'un cœur reconnaissant.
A travers le rideau que sa main vient d'étendre,
Elle entend respirer l'enfant dans son sommeil.
Qui voudrait l'arracher à cette erreur si tendre ?
Elle écoute son souffle, elle attend son réveil.
Ah ! ne soulevez pas ce rideau qui l'enchante,
Pareil au voile épais tombé sur sa raison,

L'enfant, s'il vit encore, est loin de sa maison ;
Et près d'un berceau vide elle prie... elle chante !

Dans sa vague tristesse, on la voit tout le jour,
Et, sans nous reconnaître à peine,
Contre son sein bercer une ombre vaine,
Et lui parler avec amour.
Durant la nuit, tranquille et demi-nue,
Auprès des feux négligés et mourants,
Elle charme sa veille, au berceau retenue,
En regardant courir les nuages errants.

Un soir, la lune absente abandonne la terre
Au sombre autant qui règne avec fureur ;
Des éléments la lutte austère
Glace les sens d'une muette horreur.
On ne voit plus que de faibles lumières ;
Les chiens hurlant menacent les chaumières ;
L'eau dans sa chute entraîne l'arbrisseau.
De cette mère, immobile et charmée,
La faible main s'endort sur le berceau,
Que semble suivre encor sa paupière fermée.

Paix! elle dort pour la première fois
Depuis le jour, éteint dans sa raison perdue,
Qui la laissa sur la terre étendue,
Sans souvenir, sans larmes et sans voix.

Mais l'ouragan, dont gémit la nature,
· Semble jaloux de cette longue erreur;
Dans son sommeil il souffle la terreur,
Et de son sein réveillant la torture,
Y jette un cri dès longtemps expiré :
« Rendez, rendez l'enfant dans la foule égaré ! »
Comme l'écho frappé d'une clameur terrible,
Sa raison qui renaît répond au cri d'effroi :
« Rendez, rendez l'enfant! rendez... » Réveil horrible !
Ce berceau découvert, il est vide, il est froid !

Pâle, muette, en ses larmes glacée,
Elle repousse et combat sa pensée ;
Puis elle dit, en se cachant les yeux :
« Je reconnais la terre, et j'ai perdu les cieux !
— Dieu des mères! mon Dieu! vous savez s'il respire :
« Rendez-le, guidez-moi... je ne sais où... j'expire!
« Il n'est plus là... je n'y peux plus rester.
« Eh bien ! puisque la mort ne veut pas m'arrêter,

« J'irai, par les chemins, traîner, finir ma vie ! »
Et le jour, sur la neige, on reconnaît ses pas.
Elle était douce et faible ; on ne l'observait pas,
   Et personne ne l'a suivie.
Dans les sentiers déserts Dieu seul l'entend gémir ;
  Mais l'aquilon a cessé de frémir.

Elle marche, elle dit : « Je veux voir la chapelle
« Qu'au temps de la moisson j'embellis une fois ;
« Où mon fils... jour trompeur qu'à présent tout rappelle !
« Sur ma voix, qui priait, voulait former sa voix.
« J'y porte son berceau, c'est mon dernier hommage,
« Douloureux pour sa mère, inutile pour lui ;
« Ce n'est plus qu'un tombeau que j'y vois aujourd'hui,
« Et dans mon âme en deuil j'offrirai son image.
« Des fleurs... je n'en ai plus... Ah ! j'ai trop peu de temps ;
  « On meurt jeune sans l'espérance :
« Mais, tant que je vivrai, fût-ce jusqu'au printemps,
  « J'y viendrai cacher ma souffrance ! »

Alors un vieux pasteur, triste de souvenir,
Prend le berceau léger qu'il promet de bénir.

Une autre femme approche en sa misère errante,

Sa voix n'a qu'un accent qui murmure : « Donnez ! »
Elle indique un enfant aux regards consternés,
Et cet objet voilé la rend plus déchirante.
« Femme ! dit l'autre mère, il faut vous secourir,
« Vous cachez un enfant, sa misère est affreuse !
« Ne souffrez pas pour lui, femme ! soyez heureuse ;
« Moi je n'ai plus d'enfant... moi je n'ai qu'à mourir ! »

Un cri jeune et perçant rompt cette plainte amère,
Et le lambeau s'agite, et le cri dit : « Ma mère ! »
Et la mère éperdue a saisi son enfant,
Et l'affreuse étrangère à peine le défend...
Elle fuit; elle roule au bas de la montagne,
Et, comme un noir corbeau, se perd dans la campagne.
La mère véritable écarte les lambeaux ;
Ses yeux longtemps éteints, pareils à deux flambeaux,
S'allument : « C'est mon fils!... qu'il est pâle! » Elle tombe :
Sous l'excès du bonheur la nature succombe,
     Car on dirait que créés pour souffrir
Nous ne pouvons qu'à peine être heureux sans mourir.

Mais l'enfant la caresse ; il la rappelle, il pleure :
Il arrête son âme aux lèvres qu'il effleure,

Et son corps délicat, par sa mère entouré,

Palpite et tremble encor d'en être séparé.

« Ne tremble plus; c'est moi! vois-tu; je suis ta mère,

« Oh! mon fils! C'est mon fils! regardez-le, mon père;

« C'est mon fils! ce n'est plus son fantôme trompeur;

« C'est mon enfant qui m'aime et qui vit sur mon cœur! »

Le prêtre pour le voir se courbe devant elle :

Il sent couler ses pleurs à son récit fidèle ;

    Elle dit tout en paroles de feu.

De baisers, de sanglots son récit se compose ;

En vain pour sa vengeance elle bégaye un vœu ;

Sortira-t-il du cœur où son enfant repose ?

Sans doute il a souffert, l'enfant infortuné,

Sans doute !... Il vit encor : sa mère a pardonné!

LE ROSSIGNOL AVEUGLE

A MADAME CAROLINE BRANCHU

Pauvre exilé de l'air ! sans ailes, sans lumière,
    Oh! comme on t'a fait malheureux !
Quelle ombre impénétrable inonde ta paupière !
Quel deuil est étendu sur tes chants douloureux !
Innocent Bélisaire ! une empreinte brûlante
Du jour sur ta prunelle a séché les couleurs,
Et ta mémoire y roule incessamment des pleurs ;
Et tu ne sais pourquoi Dieu fait la nuit si lente !

Et Dieu nous verse encor la nuit égale au jour !
Non ! ta nuit sans rayons n'est pas son triste ouvrage.
Il ouvrit tout un ciel à ton vol plein d'amour ;
    Et ton vol mutilé l'outrage !

Par lui ton cœur éteint s'illumine d'espoir ;
Un éclair, qu'il allume à ton horizon noir,
Te fait rêver de l'aube, ou des étoiles blanches,
Ou d'un reflet de l'eau qui glisse entre les branches
     Des bois, que tu ne peux plus voir !

Et tu chantes les bois, puisque tu vis encore :
Tu chantes : pour l'oiseau, respirer c'est chanter.
Mais, quoi ! pour moduler l'ennui qui te dévore,
Combien d'autres accents te faut-il inventer !

Un cœur d'oiseau sait-il tant de notes plaintives ?
Ah ! quand la liberté soufflait dans tes chansons,
Qu'avec ravissement tes ailes incaptives
Dans l'azur sans barrière emportaient ses leçons !

Douce horloge du soir aux saules suspendue,
Ton timbre jetait l'heure aux pâtres dispersés ;
Mais le timbre égaré dans ta clarté perdue
Sonne toujours minuit sur tes chants oppressés !
Tu ne sais plus quel astre éclaire tes instants ;
Tu bois, sans les compter, tes heures de souffrance,

Car la veille sans espérance
Ne sent pas la fuite du temps !

Et ton cœur contre ta cage
Se jette avec désespoir ;
Et l'on rit du vain courage
Qui heurte ton esclavage
Sur un barreau sanglant que tu ne peux mouvoir.
Du fond de ton sépulcre, un cri lent et sonore
Dénonce tes malheurs autre part entendus ;
Ton œil vide s'ouvre encore,
Pour saluer une aurore,
Que l'homme n'éteindra plus !

Chante la liberté, prisonnier! Dieu t'écoute.
Allons ! nous voici deux à chanter devant lui ;
J'ai su dire ma joie, et je sais aujourd'hui
. Ce qu'un son douloureux te coûte !

Chante pour tes bourreaux qui daignent te nourrir,
Qui t'ont ravi des cieux la flamme épanouie ;
Tes cris font des accords, ton deuil les désennuie;
Si ta douleur s'enferme, ils te feront mourir !

14

Chante donc ta douleur profonde,
Ton désert au milieu du monde,
Ton veuvage, ton abandon ;
Dis, dis quelle amertume affreuse
Rend la liberté douloureuse,
Pour qui n'en sait plus que le nom !

Dis qu'il fait froid dans ta pensée,
Comme quand une voix glacée
Souffla sur le feu de mon cœur
Pour éteindre aussi la lumière
D'une espérance... la première
Que je prenais pour le bonheur !

Laisse ton hymne désolée,
Comme l'eau dans une vallée,
S'épancher sur tes sombres jours ;
Et que l'espoir filtre toujours
Au fond de ta joie écoulée !

NOEL

Quel chant divin se fait entendre ?
Quel cri d'amour frappe les airs ?
Tout s'émeut... qu'allons-nous apprendre ?
Quel Dieu s'annonce à l'univers ?
    La lune argentée,
    Semble être arrêtée :
Qui cause un tel événement ?
    C'est un enfant !

Tout se tait ; le vent souffle à peine ;
Le sombre hiver est enchaîné ;
L'autan surpris n'a plus d'haleine,
Et l'incrédule est prosterné.

Quelle est la puissance
Qui par sa présence
Soumet le monde et le défend !
C'est un enfant!

Des rois, le front dans la poussière,
Humbles pour la première fois,
Suivent l'étoile avant-courrière,
Pour adorer le Roi des rois.
Ce Dieu redoutable,
Que craint le coupable,
Que le juste implore en tremblant,
C'est un enfant!

Quelle est cette vierge céleste
Soumise aux terrestres douleurs?
Dans son regard pur et modeste
Brillent le sourire et les pleurs.
Qui la rend si belle ?
Qui d'une mortelle
Couronne le front triomphant?
C'est un enfant!

La mort jalouse est asservie;

L'éternité vient de s'ouvrir.

Un Dieu, pour nous donner la vie,

Daigne avec nous naître et mourir.

Amour sans seconde!

Ce Sauveur du monde,

Qui nous pardonne en s'immolant,

C'est un enfant!

Ce Noël se chante sur l'air final du *Devin de village*, de J-J. Rousseau

C'est un enfant, c'est un enfant.

14.

CHARITÉ

Oh ! que ne puis-je dire à toute pauvre femme :
        Prenez !

Comme l'instinct me crie à toute heure dans l'âme :
        Donnez !

Oh ! que j'allégerais de ces errantes mères,
        Le sort,

Si Dieu changeait mes pleurs et mes pitiés amères
        En or !

Aux petits enfants nus, chauffés de leur haleine,
        Si peu !

Je ferais, comme Dieu fait aux agneaux la laine,
          Du feu !

Mais je regarde en haut pour que l'aumône pleuve
          Souvent ;

Pour que toute humble barque entre au port sous l'épreuve
          Du vent ;

Pour que l'abandonné, lavant avec ses larmes
          Son sort,

Le plonge dans la foi, qui rend belle et sans armes
          La mort !

Je regarde la croix qui saigne et qui pardonne
          Toujours,

La croix qui crie encore : « Pour mon sang donne, donne
          Tes jours ! »

A MES ENFANTS

Je ne reproche rien au passé, je l'oublie.
Je ne demande rien au douteux avenir :
Ma vie est dans vos yeux, et ma mélancolie
S'envole vers le ciel quand vous allez venir !

LA VALLÉE DE LA SCARPE

Mon beau pays, mon frais berceau,
Air pur de ma verte contrée,
Lieux où mon enfance ignorée
Coulait comme un humble ruisseau !
S'il me reste des jours, m'en irai-je attendrie
Errer sur vos chemins qui jettent tant de fleurs,
Replonger tous mes ans dans une rêverie,
Où l'âme n'entend plus que ce seul mot : « Patrie... »
Et ne répond que par des pleurs ?
Ciel!... un peu de ma vie ira-t-elle, paisible,
Se perdre sur la Scarpe au cristal argenté ?
Cette eau qui m'a portée, innocente et sensible,
Frémira-t-elle un jour sous mon sort agité ?

Entendrai-je au rivage encor cette harmonie.
Ce bruit de l'univers, cette voix infinie
Qui parlait sur ma tête et chantait à la fois
Comme un peuple lointain répondant à ma voix ?

Quand le dernier rayon d'un jour prêt à s'éteindre
Colore l'eau qui tremble et qui porte au sommeil,
O mon premier miroir ! ô mon plus doux soleil !
Je vous vois... et jamais je ne peux vous atteindre !
Oh ! qui n'a souhaité redevenir enfant ?
Dans le fond de mon cœur que je le suis souvent !
Mais comme un jeune oiseau, né sous un beau feuillage,
Fraîchement balancé dans l'arbre paternel,
Supposait à sa vie un printemps éternel
Et qui voit accourir l'hiver dans un orage,
J'ai vu tomber la feuille, au vert pur et joyeux,
Dont le frémissement plaisait à mon oreille ;
Du même arbre aujourd'hui la fleur n'est plus pareille,
Le temps, déjà, le temps a-t-il touché mes yeux ?

Du moins, là-bas, dans l'ombre, où par lui tout arrive,
Si mes pas chancelants tombent avant le soir,
Il est doux en fuyant de regarder la rive

Où naguère l'on vint jouer avec l'espoir.

Là, de la vague enfance un regret qui sommeille

Dans les fleurs du passé tout à coup se réveille,

Il reparaît vivant à nos yeux d'aujourd'hui;

On tend les bras, on pleure en passant devant lui !

Ce tendre abattement vous saisit-il, mon frère,

Le soir, quand vous passez près du seuil de mon père?

Croyez-vous voir mon père assis, calme, rêveur ?

Dites-vous à quelqu'un : « Elle était là ma sœur! »

Eh bien ! racontez-moi ce qu'on fait dans nos plaines;

Peignez-moi vos plaisirs, vos jeux, surtout vos peines !

Dans l'église isolée... où tu m'as dit adieu,

Mon frère, donne encore à l'aveugle qui prie ;

Dis que c'est pour ta sœur; dis, pour ta sœur chérie ;

Dis que ta sœur est triste, et qu'il en parle à Dieu !

Et le vieux prisonnier de la haute tourelle

Respire-t-il encore à travers les barreaux ?

Partage-t-il toujours avec la tourterelle

Son pain qu'avaient déjà partagé ses bourreaux ?

Cette fille de l'air à la prison vouée,

Dont l'aile palpitante appelait le captif,

Était-ce une âme aimante au malheur envoyée ?
Était-ce l'espérance au vol tendre et furtif ?
Oui! si les vents du nord chassaient l'oiseau débile,
L'œil perçant du captif le cherchait jusqu'au soir;
De l'espace désert voyageur immobile,
Il oubliait de vivre; il attendait l'espoir !
Car toujours, jusqu'au terme où nous devons atteindre,
Jusqu'au jour qui n'a plus pour nous de lendemain,
Le flambeau de l'espoir vacille sans s'éteindre,
Comme un rayon qui part d'une immortelle main!

Et lui, voit-il encor la froide sentinelle,
Attachée en silence au cercle de ses jours?
D'une faute expiée est-ce l'ombre éternelle?
Sur ses rêves troublés veille-t-elle toujours?
Regarde-t-il encor, sous sa demeure sombre,
Les fleurs?... Libre du moins, toi, tu les cueilleras.
Oh! que j'ai vu souvent ses yeux luire dans l'ombre,
Étonné qu'un enfant vînt lui tendre les bras!
Il me montrait ses mains l'une à l'autre enchaînées;
Je les voyais trembler, pâles et décharnées;
Au poids de tant de fer joignait-il un remords?
Est-il heureux enfin ? est-il libre, est-il mort?

Que j'ai pleuré sa vie! ô Liberté céleste!
Sans toi, mon jeune cœur étouffait dans mon sein;
Je t'implorais au pied de ce donjon funeste,
Un jour... As-tu, mon frère, oublié ce dessein?
De la déesse, un jour, tu me montras l'image :
O Dieu! qu'elle était belle! Arrivais-tu des cieux,
Liberté, pour ouvrir et pour charmer les yeux?
Dans nos temples d'alors on te rendait hommage,
Partout l'encens, les fleurs, l'or mûri des moissons,
Les danses du jeune âge et les jeunes chansons,
Partout l'étonnement, le doux rire des grâces,
Partout la foule émue à genoux sur tes traces!

Et je voulais courir, pour le vieux prisonnier
Te chercher par le monde où l'on t'avait revue;
Te demander pourquoi, dans nos champs revenue,
A bénir ton retour il était le dernier;
Doux crime d'un enfant! Clémence aventureuse!
Je t'aime : un jour entier tu m'as rendue heureuse!
Toi dont le cœur naïf y prêta du secours,
Mon frère, dans mes vœux reconnais-moi toujours :
Que jamais sur ta vie une grille inflexible
    N'étende son voile de fer!

                                        15

Sois libre, et que le sort content, s'il est possible,
N'ajoute plus tes maux à ce que j'ai souffer

On m'arrêta fuyante ; et craintive, à ma mère,
Je fus, à jointes mains, conduite vers le soir.
O mère ! trop heureuse encor de me revoir,
Sa tremblante leçon ne me fut point amère ;
Car, de mon front coupable en détachant les fleurs,
Pour cacher son sourire, elle baisa mes pleurs.

J'oubliai mon voyage ; et jamais ta souffrance,
Vieux captif ! et jamais ton doux nom, Liberté !
Et jamais ton pardon de mon cœur regretté,
Ma mère ! et ton beau rêve envolé, belle France !
Et la leçon : « Ma fille, où voulez-vous courir ?
« Votre idole n'est pas où vous pensez l'atteindre.
« Un flambeau vous éclaire, et vous alliez l'éteindre !
« Ce flambeau, c'est ma vie ; et je n'ai qu'à mourir
« Si vous m'abandonnez. Pour vous, chère ingénue,
« Livrée à des regrets que vous ne savez pas,
     « Trop tard vous seriez revenue :
« Vos yeux à peine ouverts égareront vos jours,
« Enfant, si près de moi vous ne marchez toujours.

« La Liberté, ma fille, est un ange qui vole ;
« Pour l'arrêter longtemps, la terre est trop frivole. »
Hélas ! où donc est-elle ? En vain j'ouvre les yeux,
En vain dit-on : « Voyez ! » je ne la vois qu'aux cieux.

L'ENFANT ABANDONNÉ

Ah ! mon père ! mon père ! où retrouver mon père ?
Cette chambre, où j'ai peur, serait pleine avec lui.
Son enfant qu'on effraie aurait un doux appui.
Il dirait : Taisez-vous ! à qui me désespère.
Ah ! mon père ! mon père ! où retrouver mon père ?
Dieu dit toujours : un jour ! et jamais : aujourd'hui.

Un enfant ne sait pas comme la vie est grande,
Et longue ! et froide ! et sourde à ses cris superflus ;
Quelle terreur attend ses pas irrésolus ;
Ce qu'il donne d'amour avant qu'on le lui rende !
Un enfant ne sait pas comme la vie est grande :
Si mon père vivait, je ne le saurais plus !

Vous ne laisseriez pas votre enfant dans la foule,
Vos bras m'enfermeraient : vos bras étaient si doux !
Et le sommeil aussi, car on dort avec vous,

Mon père! et, sans sommeil, toute ma nuit s'écoule :
Vous ne laisseriez pas votre enfant dans la foule,
Ni longtemps, ni tout seul, votre enfant à genoux!

Sous mon pauvre oreiller j'ai caché vos prières;
Ce livre vous parlait... je l'ouvre quand j'ai peur.
Vos mains l'ont tant tenu qu'il est chaud sur mon cœur;
C'est comme une aile d'ange entre eux et mes paupières:
Sous mon pauvre oreiller j'ai caché vos prières,
Et je les apprendrai pour plaire au Créateur!

UN PAUVRE

A MON FILS

Enfant, sois doux au pauvre ; il en est d'adorables,
Il en est de puissants sous leurs traits misérables.
Tel est celui qui monte attiré par ta voix,
Qui descend toujours humble et content quelquefois,
Selon nos jours à nous, vides, remplis d'attente,
Ou comblés de travail et de joie haletante.
Dieu lui fait, m'a-t-il dit, de longues nuits sans peur,
Et, sous un peu de paille, il a chaud dans son cœur !
Le sommeil a pour lui des ailes toutes prêtes ;
C'est là qu'il illumine et qu'il donne ses fêtes ;
Là, qu'un ange vient dire à ce pauvre à genoux :
« Debout ! debout ! mon frère ! et montez avec nous !

Dans votre épreuve solitaire,
Ne demandez pas le bonheur :
Sa semence est dans votre cœur;
Il n'éclora pas sur la terre.

.   .   .   .

Bénissez donc vos pleurs dont l'intérêt s'amasse.
Dieu compte avec la terre; où l'ombre règne, il passe!
Et l'éternité s'ouvre aux mots : *pardon! amour!*
Montez! » Et l'indigent monte à Dieu jusqu'au jour!
Quand ce beau rêve a fui, quand la faim le réveille,
S'il tombe en soupirant du ciel où l'on sommeille,
Il reprend son fardeau plus léger, lui plus fort,
Et gravit, patient, les affronts de son sort.

Ce pauvre est plus qu'un pauvre! une telle indigence,
Puisque Dieu la permet, ouvre l'intelligence :
Dieu voilé parle en lui. Souvent ses vieux lambeaux
M'ont paru lumineux comme si de flambeaux,
Comme si des rayons d'une auréole sainte,
Sa tête blanchissante et paisible était ceinte.
Ce pauvre est plus qu'un pauvre! enfant, sois doux pour lui
Comme tu fus hier, s'il revient aujourd'hui.

L'ARBRISSEAU

FRAGMENT

J'ai vu languir au fond de la vallée
　　Un jeune arbuste oublié du bonheur;
L'aurore se levait sans éclairer sa fleur,
Et pour lui la nature était sombre et voilée.
Son front pour s'élever faisait un vain effort;
L'ombre humide éteignait sa force languissante;
Un éternel hiver, une eau triste et dormante
Jusque dans sa racine allait porter la mort.
« Hélas! faut-il mourir sans connaître la vie! »
Disait le jeune arbuste en courbant ses rameaux;
« Je n'atteindrai jamais de ces arbres si beaux
　　La couronne verte et fleurie!

Ils dominent au loin sur les champs d'alentour;
On dit que le soleil dore leur beau feuillage,
    Et moi sous leur impénétrable ombrage
        Je devine à peine le jour.
Vallée où je me meurs, votre triste influence
A préparé ma chute auprès de ma naissance!
    Bientôt, hélas! je ne dois plus gémir!
    Déjà ma feuille a cessé de frémir!...
    Je meurs! je meurs! » Ce douloureux murmure
    Toucha le dieu protecteur du vallon.
    C'était le temps où le noir Aquilon
    Laisse, en fuyant, respirer la nature.
    « Non! dit le dieu : qu'un souffle de chaleur
    Pénètre au sein de ta tige glacée!
    Ta vie heureuse est enfin commencée;
    Relève-toi, j'ai ranimé ta fleur.
    Je te consacre aux nymphes des bocages,
    A mes lauriers tes rameaux vont s'unir;
Et j'irai quelque jour sous leurs jeunes ombrages
        Chercher un souvenir. »

L'arbrisseau, faible encor, tressaillit d'espérance;
Dans le pressentiment il goûta l'existence :

Comme l'aveugle-né, saisi d'un doux transport,

Voit fuir sa longue nuit, image de la mort,

Quand une main divine entr'ouvre sa paupière

Et conduit à son âme un rayon de lumière,

L'air qu'il respire alors est un bienfait nouveau

L'air est plus pur venant d'un ciel si beau!

FIN

POÜR ENDORMIR L'ENFANT

Ah si j'é-tais le cher pe-tit en-fant

Qu'on ai-me bien, mais qui pleu-re sou-vent,

Gai comme un char-me, Sans u-ne lar-me,

J'é-cou-te-rais chan-ter l'heure et le vent.

(Je dis ce-la pour le pe-tit en-fant.)

TABLE

AUX ENFANTS

	Pages.
Préface	5
L'Écolier	7
Le Petit Rieur	12
Le Petit Oiseleur	17
Le Petit Peureux	25
Le Petit Ambitieux	27
L'Enfant et le Pauvre	29
Le Brutal	33
Le Petit Mécontent	37
Le Petit Menteur	41
Le Petit Buissonnier	45
L'Enfant amateur d'oiseaux	50
Le Coucher d'un petit garçon	52
L'Oreiller d'une petite fille	54
Adieu d'une petite fille à l'école	56
Le Faneur et l'Enfant	57
Le Chien et l'Enfant	61
La Grande Petite Fille	63
L'Enfant au miroir	66

	Pages
La Frivole	69
La Petite Pleureuse à sa mère	72
La Petite Fille et l'Oiseau	74
Au Soleil	77
A M. Dubois	78
L'Enfant béni	79
Un Pauvre	81
Le Moineau franc	84
Un Arc de Triomphe	87
Les Oiseaux	90
La Mouche bleue	95
Le Ver luisant	98
Les deux Abeilles	101
Conte imité de l'Arabe	105
Le Derviche et le Ruisseau	107
Le Sage et les Dormeurs	110
L'Aumône	112
L'Espérance	113
La Madone des champs	114
La Prière des orphelins	117
Selon Dieu	120
Le Nuage et l'Enfant	123
Dormeuse	127
Pour endormir l'Enfant	132

TABLE   2(7

AUX MÈRES

	Pages.
A mes Enfants.	137
La Fileuse et l'Enfant.	138
Ouvrez aux Enfants.	143
Le Soir d'été.	145
La Première Communion d'Inès.	149
Amour partout.	151
Hippolyte.	153
Aux trois Aimés.	156
A mon Fils avant le collége.	159
A mon Fils, après l'avoir conduit au collége.	163
A ma Fille.	168
Au Revoir	172
Ma Fille	174
Ondine à l'école.	177
Rêve intermittent d'une nuit triste.	180
La Mère qui pleure.	187
A une Mère qui pleure aussi.	190
Elle allait s'embarquer encore.	192
Quand je pense à ma Mère	194
Jours d'été.	198
Un Enfant à son Frère.	205
Le Baptême d'un prince à Notre-Dame.	207

	Pages.
Une Ruelle de Flandre.	210
Le Puits Notre-Dame à Douai.	215
La Vierge et le Serpent.	219
L'Idiot.	221
Le vieux Crieur du Rhône	229
Suite du vieux Crieur du Rhône.	232
Le Rossignol aveugle.	239
Noël.	243
Charité.	246
A mes Enfants.	248
La Vallée de la Scarpe.	249
L'Enfant abandonné	256
Un Pauvre.	258
L'Arbrisseau	260

FIN DE LA TABLE.

CLICHY. — Imprimerie Paul Dupont et Cie, rue du Bac-d'Asnières, 12.

www.ingramcontent.com/pod-product-compliance
Lightning Source LLC
Chambersburg PA
CBHW070451030726
47503CB00004B/995